Werner Bartens

MEDIZIN UND WAHNSINN

Werner Bartens

MEDIZIN UND WAHNSINN

Geschichten vom gelben Sofa

DROEMER

Die Folie des Schutzumschlags sowie die Einschweißfolie
sind PE-Folien und biologisch abbaubar.
Dieses Buch wurde auf chlor- und säurefreiem Papier gedruckt.

Besuchen Sie uns im Internet:
www.droemer.de

Originalausgabe Dezember 2009

Ein Unternehmen der Droemerschen Verlagsanstalt
Th. Knaur Nachf. GmbH & Co. KG, München.

Umschlaggestaltung: ZERO Werbeagentur, München
Umschlagabbildung: Corbis / Steven Swift
Satz: Adobe InDesign im Verlag
Druck und Bindung: GGP Media GmbH, Pößneck
Printed in Germany
ISBN 978-3-426-27522-1

2 4 5 3 1

INHALT

WEICHE KNIE

Die Männer um mich herum haben weiche Knie. Sie klagen, setzen sich auf das gelbe Sofa in meinem Büro und halten mich für den Betriebsarzt. Dann klagen sie weiter. Während auf dem gelben Sofa sonst nässende Ekzeme, Lipome, Überbeine und Hautanomalien in allen Farben entblößt werden, hat es derzeit alle Welt am Knie. Schwer zu sagen, warum. Es scheint mit der allgemeinen Instabilität zu tun zu haben, so viel ist sicher. Sicher ist auch: Wer es am Knie hat, leidet offenbar seltener an Ekzemen.

Das Knie bietet vielfältigen Grund zur Klage. Einem schlottern die Kreuzbänder, der andere hat angeblich einen Riss im Meniskus, den er sich ausschaben lassen will. Die Männer jammern über Schmerzen im Schlaf, beim Sport, wenn sie die Beine anwinkeln – es ist zum Weinen. Man muss in Sachen Knie von anatomischem Flickwerk sprechen. Nichts passt richtig zusammen, und die Kniescheibe rutscht auf dem Gelenk herum wie ein loser Bügelverschluss auf einer Bierflasche.

Die Therapieoptionen sind, freundlich ausgedrückt, vage. Manche setzen sich bereits elastisch bandagiert auf das gelbe Sofa. Hier gilt das Gleiche wie damals beim Fußball in der E-Jugend: Wer ahnte, dass er beim nächsten Spiel nur Ersatz war oder Ärger mit dem Trainer bekam, rüstete sich mit einer Kniemanschette aus. Das sah ebenso kampferprobt wie furchteinflößend aus und schien Halt für weiche Gelenke und ein angeschlagenes Selbstwertgefühl zu geben.

Etliche Ärzte empfehlen den Knielahmen heutzutage, Hyaluronsäure oder Chondroitin ins gebeugte Gelenk zu spritzen. Gegen Barzahlung, denn die Kasse kommt für solchen Unsinn nicht auf. Dass die Stoffe, aus denen die Knorpel sind, ins Gelenk gespritzt, etwas helfen, ist nirgends belegt. Die Prozedur kann sogar gefährlich werden. Die einzig erwiesene Aufbauleistung des Eingriffs betrifft also nicht den Meniskus, sondern den Umsatz in der Praxis.

Die Idee, körpereigene Stoffe dorthin zu spritzen, wo sie herkommen, ist nicht auszurotten. Ein rechtschaffenes Körperteil muss denken, man würde es nicht ernst nehmen. Bauteile dazuzugeben und zu hoffen, dass sich die Sache von selbst erledigt – so läuft das nicht. Der Niere wurde in dieser Hinsicht schon übel mitgespielt. Das Organ presst 180 Litern Blut, die täglich durch sie strömen, eineinhalb Liter Harn ab. Was unten rauskommt, ist überflüssig. Trotzdem sind sich viele Leute nicht zu blöd, den Urin oben wieder einzufüllen. Als Niere muss man sich verulkt vorkommen, wenn man die Ergebnisse seiner Arbeit wieder vorgesetzt bekommt. In Analogie zum Urin-Trunk haben Orthopäden wohl deshalb für ihre Aufräum- und Auffüllaktionen im Knie den Begriff Gelenktoilette gewählt.

Wie fragwürdig die Schnipseleien am Knie sind, hat eine wunderbare Untersuchung bewiesen. 180 Menschen mit Kniebeschwerden – 90 Prozent Männer – wurden in drei Gruppen unterteilt, ohne dass sie davon wussten. Einer Gruppe wurden die Menisken glatt gehobelt, einer zweiten das Gelenk toilettenmäßig gespült. Der dritten Gruppe wurde nur die Haut am Knie angeritzt, dort, wo der Schlauch zum Hobeln eingeführt wird.

In allen drei Gruppen ließen die Beschwerden ähnlich stark nach, denn die Placebo-Operation brachte genauso viel Linderung wie der chirurgische Aktionismus. Auch zwei Jahre später unterschied sich das Ausmaß der Kniebeschwerden in den Gruppen nicht. Wenig Nebenwirkungen und erste Hilfe bieten also der Scheineingriff oder das Prinzip E-Jugend. In beiden Fällen kann ein elastischer Verband – das Verwundetenabzeichen aller Labilen – angelegt werden.

WENN MÄNNER EINEN SCHATTEN HABEN

Er hat einen Schatten. Und er war schon wieder beim Arzt. Wahrscheinlich hängt beides zusammen. Obwohl ich ihm oft geraten habe, nicht gleich einen Professionellen aufzusuchen, wenn es zwickt. Aber der Kollege ist unbelehrbar. Dabei ist er privatversichert, was die Sache nicht weniger gefährlich macht. Als Privatversicherter ist er das ideale Opfer für überflüssige Untersuchungen.

Jetzt sitzt er auf meinem gelben Sofa und ist erleichtert. Diesmal war er in der Uni, in der Privatambulanz der Augenklinik. Er wurde sofort aufgerufen, sagt er stolz. Und das am Wochenende. Und das, obwohl er alles andere als ein Notfall war und die Lahmen und Blinden auf dem Gang vor ihm dran gewesen wären. Nachdem ein Assistenzarzt sein Auge betrachtet hatte, kam gleich der Chef, sagt er noch stolzer. Dabei hätte er – als gesetzlich Versicherter – das Zusatzrisiko durch einen Chefarzt, der längst der Praxis entfremdet ist, umgehen können. Der oberste Augenmediziner war dann aber nur für gefühlte drei Minuten da. In der Rechnung tauchte die Stippvisite als »ausführliche Besprechung« auf. In der Debatte um die Zweiklassenmedizin wird chronisch verschwiegen, wie sehr Privatpatienten durch die Chefarztbehandlung benachteiligt werden. Das gilt nicht nur für Augenärzte mit beschränktem Blickfeld.

Zurück zum Schatten. Den hat der Kollege gesehen, als er, mit sich allein gelassen, ziellos vor sich hin blickte. Ein verregnetes Wochenende, Schlieren an den Fenstern, Sinnfragen, plötzlich huscht ein Schatten vorbei, flüchtig wie ein Chefarzt auf Visite.

Der Kollege traut seinen Augen nicht – und das ist sein Problem. Dabei gibt es entspanntere Möglichkeiten, sich mit sich selbst zu beschäftigen. Schlieren, Schatten und floral anmutende Ornamente vor dem eigenen Auge sind allerdings der ideale Beginn für eine intensivere Beschäftigung mit seinem Körper. Wäre das Bild nicht so schief, man könnte vom tiefen Blick in die eigenen Abgründe sprechen.

Die vielgestaltigen Schatten, die gerne die Form zeitgenössischer Bürzelpalmen oder anderer Tattoos annehmen, sind aus medizinischer Sicht harmlos. Sie entstehen vor dem inneren Auge. Es handelt sich um banale – schlimmer: altersbedingte – Eintrübungen des Glaskörpers, der den Augapfel ausfüllt. Von Privatversicherten und Connaisseurs werden die bizarren Erscheinungen als »Mouches volantes« bezeichnet. Das klingt exotischer als Eintrübung oder die wörtliche Übersetzung »fliegende Mücken«. Da kaum einer die französischen Insekten kennt, hat die Diagnose den Vorteil, dass Freunde und Angehörige den Eindruck haben: Den hat es aber ganz schwer erwischt.

Eintrübungen im Glaskörper sind der Klassiker für Hypochonder! Der Kommunikationswissenschaftler Paul Watzlawick hat sie in seinem Bestseller »Anleitung zum Unglücklichsein« als ideales Einsteigersymptom aufgeführt. Es geht ganz einfach: Man muss sich ein bisschen auf einen hellen Hintergrund konzentrieren und vergessen, die Tiefenschärfe zu justieren. Am Anfang hilft es, abzuschweifen und sich sinnlose Fragen zu stellen, etwa: Warum bin ich immer noch privatversichert?

Da Ärzte immer abwiegeln, wenn Menschen mit einem Schatten kommen, verstärkt sich die Krankheitsüberzeugung. In dieser Phase huschen Selbst- und Arztzweifel am inneren Auge vorbei und werfen Schatten auf die Seele. Sind die Beschwerden wirklich harmlos? Will der Arzt nicht verraten, wie schlimm es um mich steht? Drei Minuten? Dem muss noch mal nachgegangen werden, nächstes Wochenende, in der Privatambulanz. Oder besser gleich ein Ganzkörper-CT?

VÖLLIG LOSGELÖST

Die Menschen werden immer größer. Seit Jahren ist der Trend belegt. Was bisher jedoch kaum untersucht wurde, ist der Zusammenhang zwischen Körperlänge und Höhenangst. Eigentlich wäre es logisch: Wer den Kopf höher trägt, müsste eine größere Fallhöhe zu befürchten haben. Neulich setzte sich ein Kollege auf mein gelbes Sofa, der vorgibt, 1,80 Meter groß zu sein. Dabei sieht man auf den ersten Blick, dass er es allenfalls auf 1,78 Meter bringt. Der Kollege schaute wie ein Bobtail und offenbarte mir dann, dass ihm schwindelig wird, wenn er nur auf einen Stuhl steigt.

Es scheint eine Epidemie zu sein: Plötzlich wimmelt es von Kollegen, denen schwindelt. Oben in der Kantine, in der fünften Etage, trauen sie sich nicht mehr nahe an die Glasfenster heran. Stattdessen ballen sie sich in der Tiefe des Raums. Offenbar ertragen sie den Blick in den Abgrund nicht länger. Andere entwickeln eine Fahrstuhlphobie und begründen sie mit der anonymen Höhe im Aufzug, die sie nicht einschätzen können. Sie wissen zwar selbst, wie absurd diese Befürchtung ist – aber es werden immer mehr Treppenläufer gesichtet.

Journalisten bieten sich mindestens so viele Gelegenheiten, Schwindelgefühle zu entwickeln, wie Gerüstbauern. Manchen Kollegen steigt die Arbeit zu Kopf, sie befinden sich permanent in der Schwebe, beim geringsten Lob drohen sie abzuheben. Und dieser Erwartungsdruck! Letztens wurde einem Kollegen eingeschärft, wie hoch die Fallhöhe seines Themas sei. Als dann noch vom »schmalen Grat« die Rede war, auf dem er sich bewege, wäre selbst den Kollegen mit der meisten Erfahrung am Berg für einen

Moment die Trittsicherheit abhandengekommen. Während Arbeitsmediziner und Psychosomatiker noch rätseln, woher der plötzliche epidemische Ausbruch von Höhenangst, Schwindel und anderen Störungen des Gleichgewichts kommen könnte, spüren die geschundenen, verängstigten und labilen Körper der Mitarbeiter bereits, was sie zu erwarten haben. Wie die Schnecken, die kurz vor dem Wolkenbruch die Wände emporkriechen – oder wie Elefanten und Tiger, die angeblich vor Tsunamis in höher gelegene Landstriche flüchten, entwickeln sie vorauseilend Symptome.

Man kann das als chronischen Umzugswiderstand deuten, als Glasturm-Syndrom (nicht zu verwechseln mit der Glasknochenkrankheit), denn die Redaktion wird bald ein transparentes Hochhaus bewohnen. Was tun, wenn der Geist willig, aber das Gleichgewichtsorgan schwach ist? Nicht jeder kann Goethe nacheifern, der immer wieder auf den Turm des Straßburger Münsters stieg und sich dort aus dem Fenster lehnte, um seine Höhenangst zu kurieren.

Wer permanent die Fallhöhe abwägt, von der er stürzen könnte, dem würde solche Selbsthilfe sicher guttun. Andererseits darf auch nicht die Zeichenhaftigkeit der Beschwerden verkannt werden: Schwindel ist ein typisches psychosomatisches Symptom, wenn die Schwierigkeiten in Beruf oder Privatleben überhandnehmen. Ein Schrei nach Statik oder wenigstens stabiler Seitenlage.

Zumeist hat der Schwindel keine körperlichen Ursachen. Dies erkennt man beruhigenderweise daran, dass er nach mäßigem Alkoholkonsum und beim Sport wieder verschwindet. Alkohol lehnen die Kollegen aus weltanschaulichen Gründen ab. Sportlich betätigen sie sich bereits, indem sie, wo und wann immer es geht, die Treppe nehmen, ohne sich zu weit aus dem Fenster zu lehnen. Sie eifern Lukas Podolski nach und lernen neue Laufwege, in der Hoffnung, endlich den Schwebezustand zu erreichen, der sie gar nicht mehr schwindeln lässt.

RHEUMATOLOGIE TO GO

Die hohe Zeit der Morgensteifigkeit ist wieder angebrochen. Der Nebel kriecht über das Land und in die Körper, und wer kann, zieht sich die Decke über den Kopf und versucht, Löffelchen zu machen. Melancholiker sinnen darüber nach, was mit der überfrierenden Nässe aus dem Wetterbericht gemeint sein könnte. Ein banger Blick nach unten, dann die Frage aller Fragen, welche körpernahen Regionen bei einem selbst bald überfrieren oder einrosten könnten, wo Stillstand droht, besonders bei Zugluft. Sind eigentlich alle Gliedmaßen noch voll beweglich? Da ist sie schon wieder: die aufsteigende Morgensteifigkeit.

Nicht der morgendliche Blutstau ist damit gemeint, es handelt sich vielmehr um eine unerwünschte Steifigkeit der Gelenke. Für Betroffene das Grauen im Morgengrauen: Finger und Hände lassen sich kaum bewegen, manchmal auch nicht die Beine, Füße, Schultern, Knie, ohne dass es spannt und schmerzt. Denn mit den kalten, nassen und ja: manchmal überfrierenden Herbsttagen erreicht die Leidenszeit der Rheumatiker wieder ihren jährlichen Höhepunkt. Rheumatiker, das sind nicht nur alte Menschen mit dicken Fingern. Rheuma betrifft auch Jüngere, es kann schon bei Kindern und Jugendlichen beginnen und das Gehen und Greifen, Laufen und Sitzen ein Leben lang schwermachen.

Neulich saß ein Rheumatiker, im besten Alter und noch gut zu Fuß, auf meinem gelben Sofa und erzählte von seinem jüngsten Buchkauf. Keinen Roman, kein Kochbuch, auch nicht »Flüchten oder Standhalten«, »Bewusstheit durch Bewegung« oder andere Klassiker über den aufrechten Gang hatte er erworben, aber ein ähnlich mobil klingendes Werk. »Rheumatologie to go« lautete der verheißungsvolle Titel. Der Mann, dem das Rheuma gerade in diesen Tagen besonders garstig in die Hüfte kroch und sich dort festbiss, hatte Hoffnung geschöpft. So ein Buch weckt schließlich Assoziationen: Lahme können wieder gehen, Blinde können wieder sehen. Solche Sachen müssten da drinstehen, mindestens.

Doch die Fach- und Sachgeschichten in dem Buch hielten nicht, was sie versprachen. Alles ein großes Missverständnis. »Rheumatologie to go« ist in etwa so absurd wie »Latte to go«. Ersteres heißt weder, dass Rheumatiker mit diesem Buch wieder gehen können oder – in fast flehender Ansprache – dass es jetzt abhauen soll, das blöde Rheuma. Genauso wenig wie »Latte to go« einen mobilen Blutstau beschreibt und auch keinen Trecker mit Milchkannen. Hätte immerhin sein können, dass die Buchmacher das Rasta-Englisch der Jamaikaner adaptiert haben. »No woman, no cry«, heißt ja auch nicht, dass es ohne Frauen keine Tränen gibt, sondern ist – je nach Interpretation – als Trost (»Nein, Frau, weine nicht«) oder Aufforderung (»Hör jetzt mal auf zu heulen«) gemeint.

Die Erklärung für den Buchtitel war dann so ernüchternd wie absterbendes Morgenglück. Der Verlag wollte ein Fachbuch für Mediziner auf den Markt bringen, »einen wertvollen Begleiter für Klinik und Praxis«.

Es sind dann 800 Seiten geworden, obwohl wahrscheinlich ein Kitteltaschenbuch für Jungärzte in der Klinik geplant war, falls sie nach einem 30-Stunden-Dienst nicht mehr wissen, wie sich Rheuma schreibt. Kitteltaschenbücher sind die Pest, sie nützen Patienten allerdings als Warnsignal. Es gibt da nämlich eine reziproke Beziehung. Einfach ausgedrückt: Je voller die Kitteltaschen, desto leerer der Kopf. Wenn sich also ein ärztlicher Anfänger nähert, dessen Berufskleidung vor lauter Fachliteratur schon ganz ausgebeult ist, kann das für den Kranken nur heißen: Patient to go!

DEUTUNG AUS DEN EINGEWEIDEN

Der erste Advent, das erste Kind kotzt. Das liegt an den Antibiotika, die es gerade gegen die Streptokokken im Hals nimmt, sagt die Frau. Die Familie herzt sich, die Familie küsst sich, der Adventskalender ist stummer Zeuge. Zwei Tage später, das zweite Kind kotzt. Es hat zu wenig geschlafen am Wochenende, sagt die Frau. Immer wenn es ihm zu viel wird und es aufgeregt ist, schlägt es ihm auf den Magen, sagt sie. Kerzenschein und Kamillentee, die Familie hat sich immer noch lieb. Eine Nachbarin bringt Orangen. Danke, aber die Säure, sie wissen schon, der Magen. Das Plätzchenbacken wurde auch verschoben.

Am nächsten Tag, das dritte Kind kotzt. Es ist die Eingewöhnung an die neue Kindergruppe, sagt die Frau. Wie soll es das alles so schnell verarbeiten, die neuen Spielkameraden, der Wechsel der Erzieherin. Dann fährt die Frau auf eine Fortbildung, schließlich braucht sie ja auch mal Zeit für sich.

Jetzt sitzt der Mann auf meinem gelben Sofa, ist kaum zu verstehen, so leise kehrt er sein Innerstes nach außen. Sein Gesicht ist gelb und gleichzeitig grün. Hat das Sofa eigentlich schon immer diese seltsamen Flecken gehabt? »Nach den Kindern war ich dann dran und habe mich übergeben müssen«, schildert er den weiteren Verlauf der heimischen Epidemie. Er will ins gastroenterologische Detail gehen, aber das tut nichts zur Sache. »Meine Frau hat nur gesagt, ich würde psychisch überreagieren und mich immer gleich überlastet fühlen, wenn sie mal wegfahren will und ich allein mit den Kindern bin.« Er fühlt sich schuldig, ihr Schuldgefühle gemacht zu haben mit seinem Leiden. Dabei kann er längst noch nicht wieder alles essen, so hartnäckig blümerant ist ihm um den Bauchnabel herum.

Ein Moment der Stille und vorweihnachtlichen Andacht durchzieht den Raum. Es riecht mittlerweile ein wenig nach jemandem, der schon längere Zeit nichts mehr gegessen hat. Das gelbe Sofa umhüllt ein Hauch von Sternenstaub. Dann fährt der Mann in seinen Schilderungen fort, es fällt ihm sichtlich schwer: »Meine Frau hat von unterwegs aus angerufen«, sagt er: »Sie hat es dann auch erwischt. Die halbe Fortbildung hat sie versäumt, weil sie immer im Hotelzimmer sein musste.« Er habe sich dann wirklich jede hämische Bemerkung verkniffen, ob es wohl am Trennungsschmerz liege, dass sie jetzt ebenfalls kotzen müsse.

Nachsichtig und weise hat er gehandelt. Wer gerade permanent mit den Eingeweiden beschäftigt ist, möchte nicht mit psychosomatischen Deutungen seiner Innereien traktiert werden. So eng der Zusammenhang von körperlichem und psychischem Befinden auch ist: Die Ärzte sollte man würgen, die auf jedes Ekzem, jede Migräneattacke und jeden Hexenschuss, den man ihnen darbietet, erst mal stereotyp fragen: »Haben Sie Stress?« Darf man etwa keine medizinische Hilfe erwarten, wenn man Stress hat? Sind nur Ausgeglichene und Zufriedene auserwählt für eine Therapie?

Die Fallgeschichte ergab dann übrigens, dass die Familie von einem Noro-Virus erwischt worden war. Innerhalb eines Tages wird einem so speiübel, dass sich endzeitliche Gedanken einstellen. Die Genesung verläuft ähnlich rasant. Als die Frau euphorisch und gesund von der Fortbildung zurückkam, hatte sie Adventszubehör mitgebracht. Mit letzter Kraft konnte der Mann auf dem gelben Sofa die Therapieempfehlungen seiner Frau wiedergeben: »Sie hat gesagt, dass wir mehr zur Ruhe kommen müssen, um nicht mehr so anfällig zu sein.« Ich habe ihn erst mal in Urlaub geschickt, der Mann war psychisch völlig am Ende.

MELANCHOLISCHES MONCHICHI

Ein Mann, am Scheitelpunkt seines Lebens. Betrübt sitzt er auf meinem gelben Sofa. Er ist in einer haarigen Angelegenheit gekommen. Immer wieder sieht er im oberen Bereich seines Blickfelds leichte Schatten, so als ob sich ihm die Fransen eines Vorhangs zeigen würden, der bald herabgelassen würde. Eine endzeitliche Metapher? Der Kollege wirkt deutlich melancholisch und hält sich für einen Feuilletonisten, ist aber ansonsten gesund. Dem Manne kann geholfen werden, es sind lediglich die Augenbrauen, die mit den Jahren dichter und länger geworden sind und nun gelegentlich die Sicht trüben. Die Lösung ist schnell bei der Hand: zupfen, zwirbeln oder gegen den Strich bürsten.

Doch die Freude über die rasche Abhilfe währt nur kurz, die Haare machen dem Mann auch anderswo zu schaffen. Er berichtet von regelrechten Auswüchsen. Aus Nase und Ohren sprieße es bei ihm, der Kopf werde kahl, der Bauch wuchere zu. Nein, er habe nicht den Eindruck, dass er Haare verlieren würde. Es sei eher ein Gleichgewicht des Schreckens. Was oben abhandenkäme, tauche weiter unten sofort wieder auf. Er zeigt kleine Inseln am Torso mit besonders intensivem Bewuchs, entblößt sogar den halben Rücken. Nein, er ist heute nicht zärtlich gegen sich gestimmt.

Auch hat er Material mitgebracht, von Wolfsmenschen und anderen Opfern seltener Mutationen. Hier die historische Zeichnung eines völlig zugewachsenen Jungen. Angeblich wurde er im 16. Jahrhundert von Piraten auf den Kanaren entdeckt und dem französischen König Henri II. zum Geschenk gemacht. Und er hat Bilder von Danny Ramoz Gomez dabei, einem 1981 in Mexiko geborenen Zirkusakrobaten, der bis auf die Lippen am ganzen Körper dicht behaart ist und an einer raren Erbkrankheit leidet, aber sagt, sein Wollkleid schütze ihn vor anderen Menschen. Der Kollege will aber gar nicht vor anderen Menschen geschützt werden. Er hat Angst. Tränen kullern über seine flauschigen Wangen. Er will nicht in ein paar Monaten so aussehen wie das Monchichi-Männchen aus der Pfalz, das einst die SPD führte.

In meinen Augen verschwimmt die feine Textur der Körperoberfläche des Kollegen mit dem Sofabezug. Er redet sich förmlich in Rage, zitiert »Asterix der Gallier« – den Band, in dem Miraculix den Römern ein Haarwuchsmittel statt des Zaubertranks braut. Er schwärmt von seinem letzten Türkeibesuch, dort kenne man das Problem, habe mehr Verständnis. Mit einer Art Lötkolben seien ihm dort wenigstens die Haare in Ohren und Nase versengt worden, ein nasses Handtuch habe den Schwelbrand schnell gelöscht.

Ich versuche zu trösten, will auf die virile Ausstrahlung von Männern mit Glatze und ausgeprägtem Körperbewuchs zu sprechen kommen. Er kann das nicht bestätigen, gibt sich widerborstig und sieht sich in Liebesdingen kahl gestellt. Zudem kennt er Freud und die Frauen – ihre Angst vor Spinnen sei eigentlich eine Abwehrhaltung gegenüber stark behaarten Männern, hat er gelesen.

Er ist zum Äußersten entschlossen und will sich flächendeckend enthaaren lassen. Ich zweifle und denke an die Irrungen der Pharmaindustrie. Die hatte vor Jahren eine Kampagne gestartet, um den Haarausfall der Damen als neue Krankheit zu bewerben und ein Mittel dagegen vorzustellen. Welche Verkennung der wahren Problemzonen! Die befinden sich nicht am Kopf der Frau, sondern am Rumpf des Mannes.

HEILIGER HYPOCHONDER

Es war abzusehen. Zuletzt ging er nur noch schleppend, die Füße zeigten unter der ständigen Last schon nach außen. Jetzt schlurft er den Gang entlang, tritt schwer atmend in mein Zimmer und lässt sich auf das gelbe Sofa fallen. Es dauert, bis er sich gesammelt hat. »Tarsaltunnelsyndrom« ist das einzige Wort, das er hervorbringt, während er auf seine Füße deutet. Er sieht blass aus, obwohl sein rotes Gewand leuchtend zum gelben Sofa kontrastiert. Ich biete Plätzchen an, er will nicht. Seit Tagen sei er überzuckert, sein Blut müsse schon Konsistenz und Glukosegehalt einer Geleebanane haben.

Er hat pausenlos erst den Nikolaus und dann den Weihnachtsmann gespielt, ist immer wieder in Kindergärten, Altenheimen und vor Kaufhäusern aufgetreten. Er hat in zugigen Fußgängerzonen die Panflöten-Indios und heimische Adventsbläser ertragen, hat Spenden gesammelt und ist permanent von Kindern nach Süßem angegangen worden. Sogar auf Weihnachtsfeiern trat er auf, mit dickem Hals und geschwollenen Füßen.

Weil er als freier Journalist nicht genug verdiene, habe er den Job angenommen. Für den vierten Advent und den Heiligen Abend ist er längst ausgebucht. Doch jetzt, wo es richtig losgehen soll, ist er am Limit. Jahresenddepression, sagt er. Angefangen habe es mit Rückenschmerzen. Die Kissen, die seinen Bauch ausstopften, und die Säcke, die er schultern musste, hätten ihn destabilisiert, insgesamt. Eines Morgens habe er nicht aufstehen können, das Kreuz-Darmbein-Gelenk, vermutet er. Eine Kribbellähmung sei seine Schenkel emporgekrochen. Er habe schon befürchtet, dass sie den Schritt erfasst. Manchmal brenne es beim

Wasserlassen. Und die Augen tränten. Ob ich schon mal was vom Morbus Reiter gehört habe?

Das Schlimmste sei jedoch die Erschöpfung. Gestern wäre er so müde gewesen, dass er abends nicht mal mehr seine Beschwerden googeln konnte. Beispielsweise diese Schluckstörungen. Besonders arg sei es bei Glühwein und kandierten Früchten. Der Geruch reiche, schon schnüre es ihm die Kehle zu. Früher habe er mal was vom »Globus hystericus« gelesen, einem psychisch bedingten Engegefühl im Hals. Die Diagnose fände er – auch sprachlich – sehr attraktiv, aber das jetzt fühle sich anders an.

Er weiht mich noch in eine andere Vermutung ein: Ein Freund habe aus Kindertagen berichtet, dass ihm der Vater damals alles weggegessen und er, der Sohn, daraufhin in der Pubertät Schluckstörungen entwickelt habe. Diese Symptomdeutung habe ihm auch sehr gefallen, sagt der leidende Weihnachtsmann. Streitlustig, aber auch flehend, sieht er mich an, ob ich nicht wenigstens diese Verdachtsdiagnose bestätigen könnte.

Ich zähle stumm bis drei, denn da will noch etwas aus ihm heraus. Der Weihnachtsmann spricht weiter: Ach ja, diesen Ton im Ohr habe er auch seit den frühen Adventstagen. An Tinnitus habe er schon gedacht, aber dann sei er hellhörig geworden, weil ihm die Frequenz ein wenig zu tief vorkam. Vielleicht sei die Gehörschnecke direkt betroffen. Ob ich mir zudem eine Allergie gegen roten Stoff vorstellen könne, gegen dieses Billigmaterial aus Fernost. Seine Quaddeln bei der Kontaktallergie gegen das Herrenwasser würden jedenfalls anders aussehen.

Er kratzt und schüttelt sich, als habe er Wasser im Ohr. »Ich brauche Hilfe«, sagt er. »Ich will auch an Ostern auftreten.« Man muss ihn aus dem Verkehr ziehen, das ist keinem Kind zuzumuten. Für Feiertagsmaskottchen gilt, was sich jede Krankenhausnotaufnahme für das neue Jahr wünscht: Hypochonder müssen leider draußen bleiben.

DAS DICKE ENDE

Da sitzt der schwere Mann und schwitzt und stöhnt. Er ist dick, aber nicht so dick, dass auf meinem gelben Sofa kein anderer neben ihm mehr Platz finden könnte. Von den schlanken Kollegen passen normalerweise drei nebeneinander. Seine wallenden Formen verfließen, so dass man inzwischen nicht mehr sagen kann, ob der Kollege zur Apfel- oder zur Birnenform neigt. Er bezeichnet sich als Rubens-Typ, wahrscheinlich weil er sich für kunstsinnig hält.

Jetzt hat er gute Vorsätze. Im neuen Jahr will er abnehmen, hat er sich vorgenommen. Sagt er zumindest. Obwohl das ja schwierig sei: »Ich habe so schwere Knochen«, sagt er. Manche Ärzte gehören ja zu den sanften Appeasement-Doktoren und stimmen ihren Patienten in allem zu. In diesem Fall muss man jedoch konfrontativ vorgehen und die liebgewonnenen Lebenslügen zertrümmern. Erster Teil: Die Knochen wiegen höchstens acht oder neun Kilogramm bei einem Erwachsenen. Wenn es schwere Knochen sind, vielleicht zehn.

Er atmet schwer, redet von »besonders schweren Knochen«, ist aber kaum noch zu verstehen. Er sammelt sich, holt zum nächsten Versuch aus: »Ich bin ein zu guter Futterverwerter – der Stoffwechsel«, sagt er mitleidheischend. Ist auch kompletter Unfug. Wer viel isst, verstoffwechselt viel, so einfach ist das. Wer mehr wiegt, braucht zwar auch mehr, isst aber zumeist auch über die Maßen und mehr, als sein Körper braucht. Er will das nicht akzeptieren und kommt mit der Mutter aller Ausreden: »Ich muss das Essen nur ansehen«, sagt er. »Eigentlich rühre ich ja kaum etwas an.«

Man muss nichts sagen, er weiß selbst, welchen Unsinn er da redet. Jetzt muss er nur noch mit »den Genen« kommen. Kurze Zeit später ist es so weit und er lässt seine »familiäre Belastung« einfließen, bereits sein Großvater und sein Vater seien sehr dick gewesen. Seine Mutter auch, sogar seine Frau, obwohl die ja gar nicht mit ihm verwandt sei. Eltern und Großeltern seien aber alle über 80 geworden. Dass der Beitrag der Gene zum Übergewicht ähnlich minimal sei wie der des Knochenbaus, überzeugt ihn allerdings nicht so recht. Er hofft auf neue, bahnbrechende Forschungsergebnisse, sagt er.

Sein Kopf ist rot, sein Herz ist schwer, den Gürtel schließt er nimmermehr. Er scheint zum Äußersten entschlossen. Endlich bricht es aus ihm heraus: »Wahrscheinlich sollte ich einfach weniger essen, wenn meine Erklärungen alle nicht stimmen.« Jetzt muss man ihn von der anderen Seite packen, denn eigentlich ist er ein zufriedener, lebenslustiger Kollege. »Leute, die ständig Diät halten und abnehmen und wieder zunehmen, leben nicht so lange wie die, die einfach dick bleiben«, sage ich. Natürlich ist nichts dagegen zu sagen, wenn er abnimmt, aber warum nur will er das plötzlich?

Weihnachten, die Völlerei während der Festtage, so ginge das ja nicht weiter, murmelt er. Jetzt ist es Zeit für den Gegenschlag. Die Feiertagslast ist nicht so schlimm, erwähne ich behutsam. Es sind zwar amerikanische Ergebnisse, aber in den USA nehmen die Leute über die Festtage nicht mal ein halbes Kilo zu. Und zu dem Zeitraum, der untersucht wurde, gehörte neben Weihnachten auch Thanksgiving. Ob er zudem nicht davon gehört habe, dass fitte Dicke gesünder und länger leben als schlappe Schlanke? Gut, wenn er es aus ästhetischen Gründen so wolle.

Er ist verwirrt. Nicht Gene, nicht Knochen, nicht Futterverwertung? Nur ein halbes Kilo mehr an Weihnachten? Dann müsse er in den kommenden elf Monaten ja automatisch abnehmen, bestimmt ein halbes Kilo wöchentlich. Schließlich esse er über das Jahr ja höchstens halb so viel wie an den Festtagen.

DIE LEIDEN DER BERGBAUERN

Der Sprachkritiker sitzt auf meinem gelben Sofa, schlürft Trinkjoghurt und hat einen Milchbart. Ihn als Sprachkritiker zu bezeichnen verstößt nicht gegen die Schweigepflicht, weil sich jeder Journalist für einen Sprachkritiker hält. Sein Problem sei diffizil, sagt er. Das denken sie alle. Er will mir nur ein Stichwort geben, mehr könne er noch nicht verraten. »Bergbauernmilch«, flüstert er.

Ich verstehe nicht. »Sie müssen mir helfen«, sage ich. Dann sprudelt es aus ihm hervor, »Bergbauernbutter, Bergbauernjoghurt, Bergbauernsahne, Bergbauernquark – es ist alles dasselbe.« Das Gleiche, will ich ihn verbessern, aber er ist ja der Sprachkritiker, deshalb sage ich nichts. Ich weiß immer noch nicht, was ihm fehlt, vermute aber ein frühkindliches Molkereitrauma – soll ich zur Desensibilisierung eine Milchbar mit ihm besuchen? Vielleicht leidet er aber auch an Laktoseintoleranz, dann wäre die Konfrontationstherapie kontraindiziert.

Ich verstehe noch immer nicht, was ihm fehlt, ermutige ihn, sein Elend zu offenbaren. »Schon morgens fängt es an, beim Frühstück«, legt er los. Sobald er Milch und Butter sieht, müsse er weinen. Mittags, der Milchkaffee, rühre ihn auch zu Tränen. Besonders schlimm sei der Trinkjoghurt zwischendurch. Jahrelang habe er gegen den Genitivapostroph angeschrieben und Heike's Haarstudio, Theo's Trinkhalle und andere Verbrechen gegen die Schriftlichkeit gegeißelt. Das und auch sein aufopferungsvoller Kampf gegen die Rechtschreibreform hätten keine körperlichen Spuren hinterlassen. Und jetzt das. Er hat nachgeschaut: »Bergbauer ist nämlich kein Phantasiebegriff, der nur zu Werbezwecken verwendet wird«, stünde auf der Webseite.

»Bergbauernmilch – als ob die Bauern selbst sie geben würden«, sagt er und lacht irr. Er wird laut, macht schon seinen zweiten Trinkjoghurt auf. Er springt auf dem Sofa hin und her wie ein wild gewordener Fruchtzwerg, jetzt hat er einen akuten Schub, ich muss intervenieren. Am besten erst mal zustimmen. Es gibt immerhin eine Krankheit, die alles erklären könnte.

»Ich sage nur Prolaktinom!«, raune ich ihm zu. Seine Miene hellt sich auf, er will mehr wissen. »Ein gutartiger Tumor der Hirnanhangsdrüse«, fahre ich fort. »Dabei wird vermehrt das Hormon produziert, das den Milchfluss stimuliert. In der Folge kommt es bei Frauen, auch wenn sie nicht stillen, und sogar bei Männern immer wieder zu Milchabsonderungen aus der Brust. Ist aber harmlos.«

Eine Krankheit, wo Milch und Hormone fließen, ist zwar keine schöne Vorstellung, aber Ärzte kennen viele Leiden, die durch jahrhundertelange, liebevolle Inzucht erst zur Blüte gelangen. Einsame Bergdörfer sind ein ideales Reservoir. Die Verdienstmöglichkeiten sind dort gering. Warum sollte ein alerter Senn nicht selbst Hand an sich legen und die Früchte seiner Arbeit vermarkten? Das Prolaktinom geht ja manchmal mit Sehstörungen einher. Schaut der Kuhhirte auf der Milchpackung nicht auch etwas seltsam? Auf der Molkerei-Webseite steht: »Wir erfassen die wertvolle Bergbauernmilch von knapp 1000 Bergbauern aus dem Berchtesgadener Land.« Sollte es im alpinen Raum tatsächlich gehäuft einen pathologischen Milcheinschuss geben?

Der Sprachkritiker stellt seinen Trinkjoghurt zur Seite. Er hat gerade eine akute Milchunverträglichkeit entwickelt, sagt er, und muss säuerlich aufstoßen. Zukünftig will er Milchprodukte meiden. Das ist ein Therapieerfolg, er beachtet sogar die Milchschnitte nicht, die ihn in der Kantine dreist anlächelt. Dann bleibt er jäh stehen.

Er hat gerade auf dem Speiseplan ein Jägerschnitzel entdeckt.

EIN SCHNITT FÜRS LEBEN

Sitzen vier Männer in der Kantine. Sagt der eine: »Ich werde mich wohl sterilisieren lassen.« Sagt der andere: »Wahnsinn, einfach so seine Lebensader zu kappen.« Sagt der Dritte: »Meine Frau will auch, dass ich mir etwas einfallen lasse.« Betretenes Schweigen. Der vierte, noch kinderlose Kollege, stochert im Salat herum. Drei der vier Herren bringen es zusammen auf zehn Kinder. Das reicht eigentlich. Aber sich deswegen gleich sterilisieren lassen? Nur das gelegentliche Schaben des Bestecks auf den Tellern ist zu hören.

Nach längerer Pause fragt der Feuilletonist zaghaft, ob sich dadurch auch die Stimme verändern würde. Das sei doch eine originelle Möglichkeit, seinem Typ eine neue Färbung zu geben. Er hat neulich etwas über große Kastraten im 18. Jahrhundert gelesen. Vielleicht hofft er, dass aus dem Kollegen mit der tiefen Stimme nach dem urologischen Eingriff ein neuer Farinelli wird.

Der Wissenschafts- und der Sportredakteur sinnieren eher über physikalische und physiologische Details nach. Wer weiß, ob da noch etwas komme. Der Wissenschaftsredakteur meint das räumlich konkret – ob nach der Operation noch »etwas komme«. Der Sportredakteur denkt eher an spätere Spielzeiten und andere Lebensumstände. Man weiß ja nie, und man sei schließlich bis ins hohe Alter zeugungsfähig.

Welche Fähigkeiten ihnen bleiben, beschäftigt Männer offenbar zeitlebens. Der Wissenschaftsredakteur will wissen, ob wirklich nicht die Potenz eingeschränkt wird, wenn der Chirurg an solch verletzlicher Stelle das Skalpell ansetzt. Die Leitungsbahnen vor Ort seien schon recht eng verkabelt, gibt der Kollege zu bedenken, der als passionierter Heimwerker gilt. Vielleicht wirke es sich auch psychisch erheblich auf Lust und Libido aus, wenn mit roher Gewalt das zarte Gewebe durchtrennt werde. Zudem sei ein betäubter Schritt sehr unangenehm, er kenne das vom Radfahren.

Es ist schon erstaunlich, was Männern alles einfällt, wenn sie sich vor naheliegenden Veränderungen drücken wollen. Die Strategie ist offenbar recht erfolgreich: Obwohl es bei Frauen ein deutlich schwererer Eingriff ist als bei Männern und die Pille auf Dauer auch nicht gesund ist, sind in Deutschland viermal so viele Frauen sterilisiert wie Männer.

Ein paar Tage später kommt der Kollege, der noch immer zum Eingriff entschlossen ist, auf das gelbe Sofa. Tiefe Sorgenfalten überziehen seine Stirn, schlaff und runzelig sieht er aus. Der Kollege hat die Operationsskizze des Urologen und das Aufklärungsblatt dabei und flucht über die anschaulichen Beschreibungen inklusive aller Komplikationen. »So genau will ich das gar nicht wissen«, schimpft er. »Jedenfalls nicht, wenn es um so empfindliche Teile geht.«

Besonders zu schaffen machen ihm die Schleifen und Schlingen, die seinen Samenleitern drohen, wenn sie durchschnitten sind. Damit nicht wieder zusammenwächst, was zusammengehörte, werden beide Enden getrennt verknotet. Der Kollege fasst sich in den Schritt: »Mir zieht sich jetzt schon alles zusammen.«

Es ist offenbar ein tief verwurzeltes Programm. Nichts fürchten Männer mehr, als wenn es ihnen an die Eier geht. Beim Fußball wird die Hand nicht schützend vor Gesicht, Kopf oder Herz gehalten. Die größte Sorge beim Freistoß des Gegners gilt dem eigenen Gemächt. Indonesische Männer kennen sogar Koro – die panische Angst, ihre Genitalien könnten sich plötzlich in den Körper verkriechen. Vorbeugend hängen sie sich Gewichte an Hoden und Penis, büßen dadurch aber eine gewisse Leichtigkeit im Umgang mit dem anderen Geschlecht ein.

ALLES LEIDEN DIESER WELT

Es gibt diese Tage, an denen scheint die Welt unsagbar wüst zu sein. Die Menschen wirken so verletzlich, dass man sie eigentlich gleich als unheilbar nach Hause schicken müsste. An solchen Tagen wird man an unerledigte Steuererklärungen erinnert oder von anderen peinlichen Versäumnissen eingeholt. An solchen Tagen bohren Mitarbeiter, die man besser als Schorfabkratzer denn als Kollegen bezeichnen sollte, in alten Wunden. Oder es ruft jemand an und erkundigt sich beiläufig, woran man eigentlich Lungenkrebs erkennt.

Ob der Kollege es ernst meint, ist nicht auf Anhieb zu erkennen. Er fragt in seiner freundlich zugewandten Art, so als ob er sich zum Kino verabreden möchte. Dann berichtet er von einem stechenden Schmerz in der Schulter, genau an der Innenseite des Schulterblattes. Da er weder über Nachtschweiß, unklaren Gewichtsverlust, blutigen Auswurf noch über chronischen Husten klagt, was zumindest im Spätstadium typische Symptome für ein Bronchialkarzinom wären, ist er vorläufig beruhigt. Wenigstens was diese Krankheitsangst angeht.

Denn jetzt möchte er wissen, ob es eventuell auch Malaria sein könnte. Er war kürzlich in tropischen Regionen, hat auch immer artig seine Prophylaxe eingenommen, aber diese hartnäckigen Beschwerden in der Schulter würden ihn schon vor ein Rätsel stellen. Ich grüble, ob ich in der Ausbildung oder später als Arzt je etwas von der äußerst seltenen Variante einer Schulter-Malaria gehört habe, kann mich aber nicht entsinnen. Der Kollege will wissen, wie lange er die Malaria-Tabletten hier in Deutschland weiternehmen soll, und entschließt sich zu einem Besuch beim

Tropenarzt. Vorbildlich, während andere Patienten Pillen wegwerfen, schluckt er immer weiter.

Gegen sein wahres Leiden ist aber wohl kein Kraut gewachsen, er hat akute Nachrichten-Hypochondrie. Im Internet und über die News-Ticker kommt täglich das Elend dieser Welt zu ihm auf den Bildschirm, er hat es direkt vor Augen – und wenig später auch im Kopf und in allen anderen Organen. Auch wenn das Schulterblatt schon ein besonders origineller Ort für Krankheitsängste ist.

Bald darauf melden die Nachrichtenagenturen, dass auf Madagaskar die Pest ausgebrochen ist. Der Kollege hat zwar Tausende Kilometer entfernt von der afrikanischen Insel seinen Urlaub verbracht, doch ich erwarte minütlich seinen Anruf. Gibt es eigentlich auch Pestbeulen unter dem Schulterblatt? Als Frühmanifestation? Vielleicht sogar in Kombination mit Malaria? Beides könnte eine bisher unterschätzte Ursache für Lungenkrebs sein. Ich muss das recherchieren.

Schon klingelt das Telefon. Der besorgte Kollege ist wieder am Apparat, er hält jetzt eine andere Erklärung für möglich. Ich bin auf alles gefasst, wahrscheinlich hat er zur Pest die Cholera gegoogelt, klingt ja so ähnlich wie Malaria. Es ist harmloser, er ist in sich gegangen und hat sich erinnert, dass er am Wochenende seit langer Zeit mal wieder Tennis gespielt hat. Die ungewohnte Bewegung, der eingerostete Bewegungsapparat. Das ganze Elend dieser Welt ist noch mal haarscharf an ihm vorbeigegangen. Für den Moment wenigstens.

An so einem Tag ist das Leiden noch nicht zu Ende. Unvermittelt schlägt es zu, natürlich trifft es immer die Nettesten. Plötzlich setzt sogar der Lieblingskollege kurz vor Feierabend noch seine Sorgenfalten auf und nimmt auf dem gelben Sofa Platz. Er schaut ganz betrübt und hat eine ungeheuerliche Verdachtsdiagnose: »Ich glaube, ich leide an einem schnell wuchernden Gemütstumor«, sagt er und geht, ohne sich trösten zu lassen.

ZU LEIDEND, UM ZU STERBEN

Er war krumm und schief und sah noch verkrampfter aus als sonst. Der Rücken hatte ihm solche Schmerzen bereitet, dass er kaum schlafen konnte. Permanent war da dieser stechende Druck im Kreuz. Ein paar Stunden lang habe er überhaupt nicht gewusst, wie er sich bewegen sollte, sagt er. Stehen ging nicht, liegen ging nicht, sitzen schon mal gar nicht. Jetzt sitzt er auf meinem gelben Sofa und schmunzelt lässig über seine Unpässlichkeit von vergangener Woche. Die Schlacht ist ja gewonnen, der Triumph ganz auf seiner Seite. Er war schließlich beim Arzt. Kein Grund zur Beunruhigung, ihm fehle nichts, habe der Doktor ihm versichert. Diagnose: Passagere Verspannung und zu wenig Bewegung.

Um dies zu erkennen, hat der Arzt offenbar sein ganzes diagnostisches Arsenal auffahren müssen, schließlich ist der Kollege privatversichert. Zunächst ordnete er eine Kernspin-Untersuchung des Rückens an, die aber erst am nächsten Tag stattfinden konnte. Akut schlug er tatsächlich ein Röntgenbild vor, um schnell wuchernde Metastasen eines Darmkrebses auf jeden Fall auszuschließen. Man kann das als Beutelschneiderei, als fahrlässige Gefährdung des Patienten oder auch als besonders sorgfältige Diagnostik bezeichnen, je nach Standpunkt. Der Kollege war jedenfalls erleichtert. Jetzt sagt er: »Zwischendurch dachte ich schon, ich müsste sterben.«

Dann kam dieses Familienfest. Ein ehemaliger Nachbar erzählte, wie immer ging es auch um die Krankengeschichten gemeinsamer Bekannter. Von einem ehemaligen Klassenkameraden wusste er die jüngste Anamnese: Immer war er gesund gewesen, aber plötzlich wurde er schwer herzkrank, innerhalb weniger Wochen brauchte er eine künstliche Herzklappe. Vier Wochen auf Intensiv, nur haarscharf sei er dem Tod entronnen. Dem Vater des ehemaligen Mitschülers, einem harten Knochen, immer von frischer Gesichtsfarbe und entschiedener Gesinnung, sei es noch schlechter ergangen. Im Sommer die Diagnose Hautkrebs, ein paar Monate ambulante Therapie, dann ins Krankenhaus, schon im Dezember sei er gestorben.

Wahrscheinlich gibt es keinen direkten Zusammenhang zwischen sorgsam kultivierten Krankheitsängsten und einer längeren Lebenserwartung. Es ist nur so ein Verdacht, der sich immer wieder aufdrängt, ein wissenschaftlich nicht belegbarer Eindruck: Wer besonders viel jammert und ständig in Sorge um sein Wohlbefinden ist, lebt am längsten. Es reißt diejenigen besonders jäh und unvermittelt aus dem Leben, bei denen niemand damit gerechnet hätte – sie selbst am allerwenigsten. Aber diese Vermutung ist wahrscheinlich ebenso absurd wie Billy Joels Behauptung, dass nur die Guten früh sterben.

Andererseits: Wer permanent sein fragiles Selbst bekuschelt und umschmeichelt, entwickelt vielleicht auch intensivere Abwehrmechanismen gegenüber feindlichen Angriffen auf den eigenen Körper. Ein Leben voller Warnsignale und Medikamente, mit lauter Terminen bei Ärzten und Prognostikern aller Art ist allerdings auch keine Freude. Man kann nicht alles haben.

Der Kollege kann das schon. Kaum war der diffuse Rückenschmerz abgeklungen, stellten sich weitere unklare Beschwerden ein. Erst waren es die Augen, dann der Magen, zwischendurch auch mal die Nebenhöhlen und sogar für eine kurze Episode wieder der Rücken. Als er auf dem Höhepunkt seines neuerlichen Leidens sagte, dass er sich gerade sterbenselend fühle, hatte das allerdings einen ganz seltsamen Beigeschmack.

SCHUTZLOS AUF EIGENEN FÜSSEN

Der Mensch, zumal der ausgewachsene, vernachlässigt seine Füße. Er versteckt sie in starren Schuhen und miefigen Socken; nur wenn Fußnägel eingewachsen sind, Fußpilz floriert oder Krampfadern zu bersten drohen, werden die Füße etwas häufiger betrachtet. Es gibt zwar Ausnahmen – Fußfetischismus, Ferien am Strand und Freibäder –, hier dürfen die Füße auch mal häufiger an die frische Luft. Ansonsten gilt: Erst im Alter werden die Füße von ihrem Träger mit der ihnen gebührenden Zuwendung bedacht, manche bekommen dann sogar regelmäßig Termine bei der Fußpflegerin spendiert. Vielleicht werden Füße beharrlich vor dem Rest der Welt verborgen, weil sie sich so mimosenhaft schutzbedürftig geben.

Wieso würden sie sich sonst so etwas antun, respektive anziehen? Auf meinem gelben Sofa liegen neue Ski-Socken. Sie sind noch in der Verpackung, auf der ihre Vorzüge angepriesen werden. Jede Socke verfügt demnach über einen Knöchelprotektor, einen Fersenprotektor, einen Zehenprotektor, einen Achillessehnenprotektor, einen Schienbeinprotektor und einen ToeTip-Protektor. Wahrscheinlich ist die Socke an diesen Stellen gepolstert.

Die Socken haben ein anatomisch geformtes Fußbett für den rechten und linken Fuß und verfügen über einen integrierten AirConditioning Channel, sowie über TraverseAirFlow Channels. Zusätzlich sind die Socken mit einem AktivBund, Dehnrippen, einer X-Cross-Bandage und ISO-Blockern ausgestattet. Ich bin immer wieder dankbar dafür, dass ich studieren durfte, aber das haben wir nicht gehabt. Diese Teufelsdinger arbeiten zudem nach dem Prinzip der Vibrationsreduzierung, unterstützen auch die Nährstoffversorgung und tragen zur optimalen Klimasteuerung bei.

Wie schön, dass wenigstens diese Socken dem Klimawandel Paroli bieten, wenngleich sie wohl trotz aller Kanalsysteme keine ausgeglichene Geruchsbilanz ermöglichen. Unvorstellbar, wie die Menschen nur ein paar Schritte geradeaus gehen, geschweige denn Ski fahren konnten, bevor es solche grandiosen textilen Innovationen gab.

Neben meinem gelben Sofa, auf dem Uralt-Zeitungsstapel, liegt ein *Stern* aus der Zeit, als man ihn noch manchmal durchblätterte. Tolle Bildstrecke. Eine Doppelseite lauter Füße, darunter lauter Fuß-Diagnosen, die Erinnerungen an die Grundschulzeit mit Einlagen, Absatzerhöhungen und Fußgymnastik wecken: Knick-, Spreiz-, Senk- und Plattfüße in allen Kombinationen. Auf der nächsten Seite die Köpfe zu den Füßen, lauter Fußballnationalspieler, darunter Horst Hrubesch, Karl-Heinz Rummenigge und Klaus Allofs. Das orthopädische Laufwunder Pierre Littbarski war noch nicht dabei, der war mit seinen Beinen schon gestraft genug.

Über die Diagnosen der damaligen Kickerelite muss man sich nicht wundern, die hatten ja noch keinerlei Protektoren und Dehnrippen in Fußballstrümpfen und -stutzen. Und ohne Channels sowieso keine Chance auf einen geraden Fuß, der einen gescheiten Flankenball ermöglichte. Die damals übliche Beleidigung deutscher Fußballer als Rumpelfüßler sollte vor diesem medizinisch-textilen Hintergrund neu überdacht werden.

In mein Zimmer kommt eine Kollegin mittleren Alters gehumpelt, das Gesicht schmerzverzerrt. »Ich kann seit heute Morgen kaum auftreten«, sagt sie. Bevor sie das gelbe Sofa erreicht, hat sie bereits ihre Schuhe ausgezogen. Jetzt knetet sie hingebungsvoll ihre Fußballen. Ein Blick auf ihre Fußunterwäsche sagt alles. Sie hat einfarbige hauchdünne Strümpfe an. Offenbar versucht sie, völlig schutzlos auf eigenen Füßen zu stehen.

HEILEN DURCH ABSCHRECKUNG

Manche Mediziner müssen perverse Neigungen verspüren, anders ist das kaum zu erklären. Im Wartezimmer beim Dermatologen hängen Plakate mit den scheußlichsten Ekzemen, Warzen und nässenden Geschwüren. Beim Chirurgen gibt es die häufigsten Knochenbrüche detailgetreu nachgebildet oder Krampfadern in allen blauvioletten Verflechtungen. Sollen damit die Patienten abgeschreckt werden nach dem Motto: Wenn ihr nicht früh genug zum Arzt geht und nicht auf euch aufpasst, werdet ihr auch so enden?

Schlimmer treibt es nur die *Münchener Medizinische Wochenschrift (MMW)*, die früher mal ein renommiertes Fachblatt war. Ende Januar war auf der Titelseite ein »Haar auf Abwegen« zu sehen. Unter der Überschrift »Notfall in der Rima ani«, wurde eine Entzündung in der Gesäßfalte und die ebenso großflächige wie blutige chirurgische Therapie als vierteiliger Fotoroman abgebildet. Eine Woche später zierte eine trockene Zunge in Großaufnahme das Cover der Zeitschrift. Mick Jaggers Pop-ikonographisch vervielfältigtes Leckorgan wirkt dagegen geradezu kümmerlich.

Von meinen Kollegen wird die Auslieferung der *MMW* mittlerweile mit großem Hallo begrüßt. Unvergessen der Titel »Ski (Un-)Heil!«, der einen blutüberströmten älteren Herrn am Rand der Piste zeigte. Das »Praxisproblem Schmerz« wurde mit einem bärtigen Mann illustriert, der den Kopf auf ein Nagelbrett gelegt hat, während ihm ein anderer Mann auf den Kopf steigt. Sieht so aus, als ob der Mann unten schreit. Die Überschriften

»Herzpatienten immer fetter« (auf dem Bild sind ein sehr dicker Mann und ein schlanker Arzt zu sehen) oder »Ist sie von Sinnen?« (das Bild zeigt eine Demenzkranke) sind da vergleichsweise dezent.

Mediziner werden aus solch drastischen Titelbildern kaum Gewinn ziehen oder sich fortbilden. Wer als Arzt zu Zynismus oder Voyeurismus neigt, findet hier neues Anschauungsmaterial, um sich über Patienten lustig zu machen. So kann das doch nicht gemeint sein.

Seit ich den Stapel mit den abstoßenden Titelbildern neben meinem gelben Sofa liegen habe, erkenne ich die eigentliche Absicht dahinter. Neulich kam ein Kollege, der hatte ein paar Pickel an der Wange und murmelte etwas von »Bartflechte«. Beiläufig blätterte er währenddessen in der *Münchener Medizinischen Wochenschrift*, es gab da diesen Schwerpunkt »Kranke Kinderhaut«, reichlich bebildert. Er hat keine Neigung zum Hypochonder, aber als er die Fotostrecke sah, fühlte sich der Kollege gleich besser, verabschiedete sich schnell und sagte nur: »So schlimm ist es gar nicht.«

Diese Art Therapie könnte auch der Kollegin mit den schmerzenden Füßen helfen. Sie hat ziemlich schiefe Zehen und eingewachsene Nägel. Wenn sie das Titelbild der *MMW* »Schicke Schuhe und kaputte Füße« sehen würde, auf dem der zweite Zeh den Großzeh grotesk überkreuzt, fühlte sie sich danach bestimmt viel besser, kaufte sich Gesundheitslatschen und meldete sich zur Fußpflege an.

Natürlich wird es auch Rückschläge geben, etwa bei dem Kollegen, der neulich die kleine Verletzung im Gesicht hatte. Er wusste nicht, ob er sie nähen lassen sollte, ich riet davon ab. Er darf besser nicht das *MMW*-Titelbild mit der Großaufnahme einer Nase sehen. Durch die Nase geht ein Riss, nein: gehen zwei Risse. Sie sind mit zehn Stichen genäht. Die Wunde klafft auseinander. Darunter die Frage: »Darf das der Hausarzt?« Ein Blick, und der Kollege wäre sofort panisch in die nächste chirurgische Ambulanz gerannt.

DARF ICH EINEN JOKER ANRUFEN?

Der Kollege will doch nur spielen. Aber er ist fähig zur Introspektion, wie die Therapeuten so was nennen. Denn er hört genau auf sein Herz. Schließlich hat er mal gelesen, dass es nicht gut ist, mit Fieber und grippalem Infekt Sport zu treiben. Nun ist er erkältet und auch ein bisschen ermattet, andererseits würde er gerne am Abend Fußball spielen. Das Leben ist ein einziges Risiko – und er in Sorge und auf der Suche nach einer beruhigenden Auskunft. Immer wieder hört man ja von diesen Kickern, die auf dem Platz plötzlich tot umfallen, einfach so. Eine Angina, das Herz kriegt auch was ab, aber keiner merkt vorher etwas. Dann ein kurzes Taumeln während des Spiels oder im Training, aus und vorbei, das war's. Soll er nun, oder soll er nicht?

Er wünscht sich offenbar eine telefonische Ferndiagnose, jedenfalls kommt er nicht auf das gelbe Sofa. Fieber hat er nicht, »produktiven Auswurf«, mein Lieblingswort aus der Medizinersprache für Rotz und Schnodder in den Atemwegen, fördert er auch nicht zutage. Ich will mich nicht festlegen, erkläre ihm, wie schwer es ist, so etwas aus der Ferne zu beurteilen, vermute aber bei seinen kaum vorhandenen Symptomen, dass ein gepflegter Freizeitkick wohl nicht schaden könne.

Er will es aber genauer wissen. Wie sicher ich mir sei, dass er wirklich ohne medizinische Bedenken gegen den Ball treten könne, fragt er. Ich komme mir vor wie der Telefonjoker im Ratequiz. Eigentlich müsste ich jetzt »zu 90 Prozent« sagen. Das sagen sie immer, wenn sie meinen, dass sie sich zu 100 Prozent sicher sind. Wir gehen noch mal die Todesfälle in allen europäischen

Fußball-Ligen der vergangenen Jahre durch, erste und zweite Divisionen, er hat das nachrecherchiert.

Als Telefonjoker bekommt man ja den Ausgang der Sendung nicht live mit, die wird aufgezeichnet. Ich bin nicht dabei, während er abends Fußball spielt, spüre am nächsten Morgen aber schon eine gewisse Erleichterung, als ich den Kollegen wohlbehalten in der Redaktion sehe. Er hat es überlebt.

Dafür meldet sich gleich der nächste Kollege. Wieso sind die Männer eigentlich so ängstlich? Er wird in den nächsten Tagen am Knie operiert. Er hat sich für eine orthopädische Großpraxis entschieden, dort werkeln ausgewiesene Experten für Knochen, Gelenke und andere Grobheiten. Auf das gelbe Sofa kommt auch er nicht, er will sich nur kurz erkundigen, am Telefon. Sein Knie wird nämlich nicht vom Chef operiert – und das macht ihm Sorgen. Soll ich ihm sagen, dass es für Patienten oft ein Glückslos ist, wenn nicht der Chef Hand anlegt, sondern der, der das auch wirklich kann?

Er will jetzt wissen, wie lange der Genesungsprozess dauert. Beim Chef würden die Patienten das Knie nämlich schon nach zwei Tagen wieder belasten können. Er hat Sorge, dass es länger dauern würde, wenn der andere Arzt ihn operiert. Ob man das nicht sicher sagen könne. Ob er nicht vielleicht versuchen solle, dass der Chefarzt selbst das Messer führt. Diesmal sage ich, dass ich mir zu 100 Prozent sicher bin – so genau ließe sich das aber nicht vorhersehen. Der Mensch ist schließlich keine Maschine.

Das Telefon klingelt wieder. Ich hebe nicht ab. Noch nicht. Wahrscheinlich ist es wieder ein Kollege. Wahrscheinlich will er wissen, wie lange er noch zu leben hat. Vielleicht will er sogar erfahren, warum und vor allem: wovon und mit wem. Er ist zwar gesund, fühlt sich aber doch irgendwie bedroht. Ich werde antworten, dass ich mir sicher bin, einfach so. Natürlich nicht ganz, das kann man nie sein. Aber zu 90 Prozent in etwa schon. Dann kann er ja noch den Fifty-fifty-Joker ziehen und das Publikum fragen.

LEIDEN AM UNGELEBTEN LEBEN

Er ist ein ganz harter Kerl. Er trinkt viel und gerne, er isst viel und gerne und er schläft schlecht und wenig. Wenn er einen Kater hat, behandelt er ihn am nächsten Morgen mit zwei Aspirin, die er mit einem Bier runterspült. Wenn er getrunken hat, und das hat er oft, redet er davon, dass er zur falschen Zeit am falschen Ort das falsche Leben führt. Wie gut hätte er sich damals als Auslandskorrespondent in Indochina gemacht. Wie hätte er all die Diktatoren und Massenmörder unter den Tisch gesoffen und trotzdem nach jedem Alkoholexzess noch ein paar feinfühlige Porträts und knallharte Reportagen in die Heimat telegrafiert.

Stattdessen ist er ein journalistischer Tertiärverwerter geworden und collagiert die Nachrichten aus den Agenturen und dem Internet zusammen, die andere über andere verfasst haben. Jetzt hat er Bauchweh. Die Gründe finden sich jenseits der Organmedizin: Er darf / soll / muss / will zum zweiten Mal heiraten, so genau weiß er das selber nicht. Ihm ist alles zu viel. Er fühlt sich in die Enge getrieben. Seine Ex-Frau will mehr Alimente, sein Chef mehr Texte und seine Schwester mit ihm besprechen, wer sich später um die Eltern kümmert. Außerdem will er in zwei Tagen zu einer Fernreise aufbrechen.

Der Bauch tut ihm jetzt noch stärker weh. Er hat da »so einen Druck«. Letzte Nacht hat er schon wieder getrunken. Das Magengrimmen und den Brummschädel hat er diesmal mit fünf Aspirin im Bier zu betäuben versucht. Statt sich als Hemingway zu stilisieren und als einsamen Steppenwolf-Reporter an einen fernen Frontverlauf zu träumen, hätte er lieber seinen Arzt oder Apotheker fragen sollen, ob Schmerzpillen bei heftigen Bauchschmerzen wirklich eine so gute Idee sind. Sind sie nämlich nicht, sie greifen marode Magenwände nur noch mehr an.

Jetzt sitzt er auf meinem gelben Sofa und leidet. Wie wäre er wohl dem Vietcong oder den Roten Khmer auf der Spur geblieben, wenn ihn ein nervöser Magen schon aus den Puschen haut? Jedenfalls will er unbedingt zum Facharzt, und zwar sofort. Es ist zwar offensichtlich, was er hat, die Anspannung, die Angst, falsche Entscheidungen zu treffen, er redet ja ständig selbst von »diesem Stein im Magen« und »dem flauen Gefühl«. Aber wenn er partout möchte, dass ihm Schläuche in alle Öffnungen geschoben werden, bitte. Der Gastroenterologe diagnostiziert ein paar Tage später einen »aufgeregten Magen«, zu wenig Schlaf und zu viel Schnaps.

Drei Jahre darauf, der Kollege ist inzwischen verheiratet und hat zwei kleine Kinder. Die Frau ist anstrengend, die Kinder quengeln, manchmal ist es umgekehrt. Er weiß nicht, ob das alles richtig war. Er sitzt auf dem gelben Sofa und erzählt wieder von seinen unerfüllten Wünschen. Seine Adorno-Zitiererei (»Es gibt kein richtiges Leben im falschen«) ist inzwischen chronisch geworden. Gerade überlegt er mal wieder, ob er sein Leben ändern soll/darf/will. Plötzlich sagt er: »Ich hatte noch nie so wenig Sex wie letztes Jahr.« Das ist wohl nicht von Adorno.

Ein paar Tage später sitzt er erneut auf dem gelben Sofa. Er druckst herum. Bestimmt geht es jetzt um sexuellen Notstand, um Gewissensfragen, die sich nur Männer stellen, die Haltbarkeit von Treueschwüren und die Lust der Mädchen in der Ferne. Er beginnt weitschweifig, redet von einem heiklen Problem. Offensichtlich macht ihm die unfreiwillige Enthaltsamkeit doch mehr zu schaffen. Er hält sie allerdings wiederum für ein organisches Problem: Er hätte da so ein ständiges Jucken, ob ich ihm nicht einen vertrauenswürdigen Urologen empfehlen könnte.

ORTE DES LEIDENS

Um die Last des Leidens wirklich zu ermessen, zählen eigentlich nur drei Dinge: Lage, Lage, Lage. Die klassischen Mediziner-Fragen »Wo tut's weh?« oder »Wo fehlt's uns denn?« zielen zwar in die richtige Richtung. Will man jedoch verstehen, wie stark jemand tatsächlich von seinen Beschwerden geplagt wird, muss man zusätzlich ein Gespür für den Raum entwickeln. Und das geht so:

Bleibt ein potenzieller Patient scheu an der Schwelle stehen und will sich eben zwischen Tür und Angel erkundigen, welcher Wirbeleinrenker oder Ekzemexperte besonders zu empfehlen ist, wird es so ernst nicht sein. Wer sein Leiden derartig stiefmütterlich behandelt, kann schließlich kaum erwarten, dass der Arzt ihm seine volle Aufmerksamkeit schenkt. Wahrscheinlicher ist vielmehr, dass der Patient in spe von seiner Frau geschickt wurde. Erkennungszeichen dieser Spezies: Sie halten die Türklinke (von außen) so fest wie der Hasel-Erle-Birken-Allergiker sein Bronchialspray im Frühjahr.

Die gegenteilige Darbietung liefern jene Menschen, die schon die Tür (von innen) geschlossen und sich ungefragt gesetzt haben, bevor sie überhaupt hereingebeten worden sind. Sie machen es sich auf dem gelben Sofa bequem und fangen gleich an, ihr Leiden wortreich auszuschmücken. Nach bisherigen Beobachtungen handelt es sich bei diesem Typus in der Mehrheit um Frauen. Charakteristische Gesprächseröffnung: »Wir müssen reden.« Typische Kennzeichen: neurotischer Habitus, psychosomatisch überlagerte Beschwerden, scheinbar endlos Zeit und bereits ein Dutzend Ärzte, die an der Diagnosefindung beteiligt sein durften. Meist sind die Symptome dieser Ratsuchenden nicht bedrohlich und lassen proportional zur Gesprächsdauer nach.

Schwieriger zu durchschauen sind da schon die Telefonierer. Sie wollen alle Beschwerden fernmündlich analysiert bekommen. Selbst bei Hautveränderungen schicken sie lieber eine PDF-Datei, anstatt den juckenden Unterschenkel leibhaftig im Beisein des Arztes zu entblößen. Sie haben schon alle Symptome gegoogelt und wollen nur noch ihre Verdachtsdiagnose bestätigt wissen. Typische Kennzeichen: Persönlich schwer zugänglich, chronische Besserwisser, auch bei harmlosen Leiden bleiben sie weitgehend therapie- und beratungsresistent. Wenn sie recht behalten haben, hinterlassen sie an der Tür (von außen) ein Post-it mit »Siehste«.

Nicht so leicht ist der Leidensdruck der Tänzer abzuschätzen. Sie wechseln, während sie von ihren Gebrechen berichten, ständig Stand- und Spielbein, mal lehnen sie an der Tür (von innen), dann stehen sie versonnen am Fenster. Setzen sie sich, währt ihre Ruhe nur kurz. Ihr Verhalten beruht entweder auf einem seltenen Nervenleiden, das sie so oft zum Stellungswechsel zwingt wie eine hängende Spitze beim Fußball. Oder sie plagt eine juckende Hautkrankheit, die permanente Umlagerungen erfordert. Oder sie sind sich so sicher, am unheilbaren Morbus Sonstwas erkrankt zu sein, dass sie niemals Ruhe finden.

Noch schlimmer sind allenfalls die dran mit dem sogenannten Türklinken-Syndrom. Bei dieser Spezies ist aus ärztlicher Sicht höchste Eile geboten, man muss sofort ein Klinikbett reservieren oder den Notarzt rufen. Erst wiegen sie den Medizinmann in trügerischer Sicherheit: Sie sitzen auf dem gelben Sofa und reden etwa von einer ehedem verspannten Großzehe, die aber längst keine Beschwerden mehr macht. Plötzlich stehen sie zum Abschied auf, haben schon die Hand an der Türklinke (von innen). Beiläufig erwähnen sie dann: »Komisch, seit zwei Tagen ist mein Penis ganz grün.«

MEHR GLÜCK FÜR ALLE

Große Themen werden heute gewälzt. Die Zeitung tagt und debattiert über die große Koalition und über große Geschäfte in kleinen Fürstentümern. Da ereilt den Feuilletonisten eine metaphysische Zerrung. Sein Denkmuskel verkrampft plötzlich, und er versteift sich auf das große Ganze – er will nur noch über Geld und Glück reden, und zwar über die großen kultur- und ideengeschichtlichen Strömungen. Ihn stört das fortwährend wiederholte Klischee, wonach Reichtum angeblich nicht glücklich mache. Vielleicht könne eine größere Summe ja doch ein paar Glückshormone zum Tanzen bringen. Zudem warnt er: Vergesst mir Bangladesch nicht.

Der Wirtschaftsredakteur redet längst vom Geld der anderen, dem schwachen Dollar und dem hohen Ölpreis; sieht dabei aber auch nicht glücklich aus. Der Kollege aus der Wissenschaft murmelt etwas von neuesten Erkenntnissen der Glücksforschung. Jetzt tritt der Großkritiker auf den Plan, der aus Faulheit so genannt wird, weil es viel zu mühsam wäre, alle seine großen und kleinen Verdienste im Detail aufzuführen.

Während er normalerweise von kulturellen Großtaten berichtet, etwa wie er Eugen Roth seine Badehose lieh oder mit Golo Mann auf Schlotterknien durch den Schnee spazierte (oder war es umgekehrt?), so wird der Großkritiker diesmal noch persönlicher als sonst. »Glück kann auch bedeuten, im Alter genügend Geld zu besitzen, um sich eine Krankenschwester leisten zu können«, sagt er und schaut dabei sehnsüchtig und verletzlich aus. Einige Zuhörer, die man angesichts solch überaus zarter Erwägungen nur als roh bezeichnen kann, lachen.

Dabei hat der Mann recht. Als »Schweigen der Organe« hat ein französischer Arzt einmal das Glück der Gesundheit bezeichnet. Krankenschwestern können sehr hilfreich sein, wenn es darum geht, die Organe eine Weile auf stumm zu stellen. Vielleicht spielt dabei auch eine Rolle, dass – wie britische Forscher entdeckt haben – in Männerphantasien von Frauen in Uniformen die Krankenschwester dominiert. Abgeschlagen folgen Dienstmädchen, Stewardessen, Geschäftsfrauen und auf dem letzten Platz Politessen. Wahrscheinlich, weil es ebenso unglücklich wie unerotisch macht, Strafzettel zu verteilen.

Während unklar bleibt, ob Bangladesch in den Fluten des Ganges oder im Unglück versinkt, möchte der Feuilletonist erneut auf die Wissenschaft zu sprechen kommen. Diese Gelassenheit, wie sie manchen Feuilletonisten und Großkritikern eigen ist, könne auch auf die beruhigende Gewissheit zurückzuführen sein, sich bei Bedarf einen kompletten Pflegedienst leisten zu können. Der Kollege aus der Online-Redaktion knackt gerade einen Glückskeks und jammert sich später auf dem gelben Sofa aus.

Die Forschung? Es gibt zwar diese Studien zu Lottogewinnern und Querschnittsgelähmten, die zeigen, dass Betroffene ein Jahr nach dem Geldregen wie auch ein Jahr nach ihrem Unfall wieder so unglücklich oder glücklich sind wie zuvor. Das glaubt aber niemand, jedenfalls niemand aus dem Feuilleton.

Zum Glück naht an so einem Tag Rettung von der Universität Mainz. Die Erkenntnis einer Forschergruppe dort lautet: Überschuldete Menschen sind häufiger krank. Die Wissenschaftler wollen es aber nicht bei ihrer Analyse belassen. Sie fordern dringend Präventionsprogramme. Das kann nur bedeuten, dass endlich umgesetzt wird, was Aktionsbündnisse wie die »Glücklichen Arbeitslosen« schon lange einklagen: Mehr Geld für alle. Aus medizinischer Sicht muss man hinzufügen: Mehr Krankenschwestern für alle. Das wäre ein großer Wurf.

GEWISSHEIT IN ZWIELICHTIGEN STUNDEN

Eine dieser Nächte, deren Nebenwirkung war, den Kollegen jäh an die Grundfragen seiner Existenz zu erinnern. Diesmal grübelte er am nächsten Morgen allerdings nicht – wie sonst üblich – darüber nach, warum er eigentlich hier war. Er wollte vielmehr wissen, woran er noch glauben konnte. Inständig hoffte er, ein schneller Acetylierer zu sein. Er hatte nämlich gelesen, dass Aspirin bei fast einem Drittel der Menschen überhaupt nicht wirkt. Und zwar bei jenen Unglücklichen, die langsame Acetylierer sind.

Auch seine letzte Hoffnung, die Antidepressiva, waren zuletzt kritisch umwölkt gewesen. Nicht besser als Scheinmedikamente wirkten sie angeblich, die langsam anflutenden kleinen Helfer, die er in zwielichtigen Stunden so liebgewonnen hatte. Ihm war in der Seele ganz rauh zumute. Einstürzende Gewissheiten, nichts schien mehr zu gelten. Konnte man diese Scheinmittel wenigstens irgendwo bekommen, gegen die dunklen Seiten der Nacht?

Der Kollege saß auf dem gelben Sofa und glaubte an nichts mehr. Das mit Aspirin und den Psychopharmaka war ja längst nicht alles. Neue Mittel gegen hohen Blutdruck waren nicht besser als alte, Kniespiegelungen sinnlos, Rückenschmerzen eher ein psychisches denn ein mechanisches Problem. Die Medikamente gegen übersäuerten Magen, die ihm empfohlen worden waren, waren offenbar nur teurer, aber nicht besser als alte. Hormone für Männer – ein Lichtblick in seinem Alter – taugten nichts, Frauen in den Wechseljahren wurden davon krank, nicht gesund. Das hatte er davon, dass er nicht nur die Apotheken-Heftchen las, sondern obskure Zeitschriften mit dreistelliger Auflage, die sich für pharmakritisch hielten.

Auf dem gelben Sofa neben ihm lag ein Stapel Leserbriefe, daneben Leserbriefe plus Abo-Kündigung. Darin stand, was der Kollege bejammerte: Man kann Menschen nicht permanent verunsichern. Was bleibt dann noch? Besser verunsichern als falsche Gewissheiten verbreiten, wollte ich antworten. Das klang schneidig und aufklärerisch, aber da war er schon gegangen.

Vielleicht stimmte es ja auch nicht. Zur Tür kam ein gebeugtes Männlein herein, er konnte sich kaum bewegen. Mit Mühe erreichte er das gelbe Sofa. Seit zwei Jahren schleppte er sich mit wüsten Rückenschmerzen herum, jetzt war er zur Operation entschlossen. Seit er das kundgetan hat, wurde er von allen Seiten bestürmt. Angebliche Freunde rieten von dem Eingriff ab. Das bringe doch nichts, alles psychisch. Versuch es mit Kieser-Training. Es liegt am Job / an der Frau / am Wetter. Solche Operationen haben eine total niedrige Erfolgsquote. Ich mache mir echt Sorgen um dich.

Machte ich mir auch. Deshalb konnte ich auf die scheue Frage, ob er sich operieren lassen sollte, nur antworten: klar, hilft bestimmt. Nicht nur Scheinmedikamenten, auch ungeteilten Ermunterungen wohnt ungeheure Heilkraft inne.

Dann kam die Kollegin, klagte über Schlafstörungen. Alles hat sie probiert. Sie kann nicht mehr hören, wenn ihr Freunde raten, sie solle sich darüber klarwerden, ob sie den Mann / die Karriere / die Kinder wirklich will, dann würde sie schon selig schlummern. Sie nimmt Tabletten, um endlich Ruhe zu finden. Jetzt weiß sie immerhin, woran es liegt. Sie hat ihr Haus vermessen lassen, sie steht unter Strom. 2,5 Volt Spannung hat ein Wünschelruten-Mann auf ihrer Haut gemessen. Sie will alle elektrischen Leitungen dämmen und isolieren lassen.

Klar, sich abdichten hilft immer. Und Termine machen. Seit der Kollege weiß, wann er operiert wird, sind seine Rückenschmerzen wie weggeblasen.

DER GELECKTE MANN

Jetzt, da alle Welt Eier sucht und Fruchtbarkeitssymbole nascht, ist es endlich an der Zeit, über den Mann in der Medizin zu reden. Seiner Wesenhaftigkeit nach kann man ihn mit Heidegger nur als ein in die Heilkunde geworfenes Subjekt verstehen, denn freiwillig geht ja kein Mann zum Arzt. Dieses kontemplative Innehalten vor einem Besuch beim Doktor spart nicht nur die lästige Praxisgebühr ein. Es stellt vielmehr auch eine der vielfach erprobten maskulinen Varianten dar, sich so lange wie möglich dem »kaum übersehbaren Bereich der Weltnot« (Heidegger) zu entwinden. Ein kleiner Triumph des Soseins über das Dasein.

Mit verschiedenen Aktivitäten will die Gesundheitsindustrie diesem Missstand zwar seit geraumer Zeit abhelfen, doch die begehbare Prostata, die bereits auf diversen Männergesundheitstagen vorgestellt wurde, ist von der Zielklientel noch nicht recht angenommen worden. Selbst technikbegeisterte Herren wollen sich nur widerwillig in einem raumhohen Plastikmodell von drei Metern Breite und fünf Metern Länge die Vorsteherdrüse von innen anschauen und über tennisballgroße Sekrettröpfchen aus Plaste und Elaste staunen.

Eine andere Strategie schlagen jene Kurkliniken ein, die ein Wochenende mit Wohlfühlarrangement unter dem Titel »Reine Männersache« anbieten. Sie versuchen den Mann bei seiner Lust zu packen. Wahrscheinlich ist das aber auch nur ein weiterer Vorstoß in Sachen Vorsteherdrüse. Der Köder besteht darin – von wegen reine Männersache –, die Partnerinnen mit einzuladen und ihnen neben einem Candle-Light-Dinner allerlei Wellness-Chichi, etwa eine Aromaöl-Rückenmassage, ein Dufterlebnisbad oder den »Anti-Aging-Kochkurs speziell für ihn« aufzuschwatzen. Heikel speziell für ihn wird es jedoch spätestens dann, wenn sie ihn nach Dinner oder Kochkurs zum »individuellen Männer- und Body-Check« auffordert.

Männer brauchen so etwas nicht. Männer sind ja – unabhängig vom Dufterlebnis – nicht mal in der Lage, mit Genuss zu baden. Dabei würden sie anders können, wenn sie nur wollten. Theoretisch haben Männer schließlich fast die gleiche Lebenserwartung wie Frauen, das haben Forscher mit Hilfe penibler Untersuchungen hinter Klostermauern entdeckt. Das fromme, sittsame und enthaltsame Leben von Mönchen währt im Durchschnitt gerade mal ein Jahr kürzer als das der Nonnen. Der tatsächliche Unterschied von fünf bis sechs Jahren Lebenserwartung ist nur auf den offensiver gestalteten Alltag der Männer zurückzuführen. Viele verstehen das Leben ja als Einladung auf den Abenteuerspielplatz.

Deshalb wollen Männer, wenn sie leiden, weder Wellness noch Prostata-Untersuchungen. Auch der Kollege, der zerzaust auf dem gelben Sofa sitzt, will das nicht. Er sei schlapp und habe von den Wechseljahren des Mannes und einer Testosteron-Therapie gehört. Er will aber nicht zum Arzt. Muss er auch nicht, denn Leiden wie Behandlung sind der Pharma-Phantasie entsprungener Unsinn, »das Nichts als Nichts« (Heidegger).

Stattdessen ist es der sehnliche Wunsch von Männern, vor einer Frau wehzuklagen und von ihr bemitleidet zu werden, wenn sie sich das Knie aufgeschürft haben. Männer sind in dieser Hinsicht sehr soziale Wesen. Ihnen geht es um Bindung. Wenn sie desorientiert durch die Welt ziehen, suchen sie in Wirklichkeit nur Nähe. Unbewusst wissen sie, dass dies ihrer Gesundheit mehr nutzt als jeder Männergesundheitstag. Bei Ratten entscheidet übrigens die Intensität, mit der sie geleckt werden, darüber, wie gesund und stressresistent sie bleiben.

AKUTER SCHUB

Die letzten Tage waren grauenhaft, öd und leer. Der Bauch fühlte sich nasskalt an und so, als ob ihn jemand mit einer Feile aufgerauht und nicht wieder glatt geschliffen hätte – eine Art Gänsehaut von innen. Dem Kopf ging es auch nicht gut: schwer, verschnupft, voller wirrer Gedanken. Fieber auch, Müdigkeit. Was für ein Orkan an Beschwerden. Niemand leidet so hingebungsvoll und erschütternd wie der stattliche Kollege, der gerade auf meinem gelben Sofa Platz genommen hat und von seiner jüngsten Pein berichtet.

Dabei musste er geschwächt, wie er war, auftreten, musste hinaus in die feindliche Welt, die Veranstaltung war schon lange ausgebucht. Er war ausgeliefert den Wogen des Geschmacks und den Zuschauern. Eineinhalb Stunden lang hatte er auszuhalten. Anfangs ging es ihm schlecht, dann wurde es schlimm. Er hatte das Gefühl, dass ihm beim Reden die Stimme wegbrach, der Ton immer dünner wurde. Dass sein Körper vor Hitze loderte und es in seinem Kopf hämmerte, war ihm wahrscheinlich nicht anzusehen. Die Schweißperlen auf seiner Stirn wischte er weg.

Er schaute gerade nach unten auf sein Manuskript, da passierte es. So muss es einer Billardkugel ergehen, die angestoßen wird. Plötzlich drehte sich alles um ihn herum, ihm wurde übel, er hielt sich am Tisch fest. Das Publikum schien in Kreisbewegungen näher zu kommen und sich wieder zu entfernen, eine volle Ladung schwankender Gestalten. Er musste inzwischen wohl sehr blass geworden sein, denn ein Zuschauer in der ersten Reihe fragte: »Geht es Ihnen nicht gut?«

Er dachte an einen Hirntumor, mindestens. Die ganze Zeit

über hatte er sich ausgemalt, dass dieses Dröhnen hinter seinen Schläfen unmöglich allein auf ordinäre Kopfschmerzen zurückzuführen war. Jetzt ging es rapide abwärts, er musste einen akuten Schub haben, anders war das Karussell vor seinen Augen nicht zu erklären.

Ein paar Tage später, ein Arzt sitzt auf meinem gelben Sofa, ein Experte in Schwindeldingen jedweder Art. Er schmunzelt, denn in jüngster Zeit ist ihm selbst öfter schwindelig. Er kann das natürlich erklären, gerade in den schweren Jahren ab 40 nimmt bei vielen Menschen das Gefühl zu, die Welt gerate aus den Fugen und direkt vor ihren Augen in Bewegung. »Das sind die Flimmerhärchen im Gleichgewichtsorgan«, sagt er. »Die sind nicht mehr so beweglich und geben Lageveränderungen langsamer an das Gehirn weiter.« Was das Auge sieht und was der Kopf registriert, stimmt eben nicht immer überein, das sind Erfahrungen aus der Lebensmitte. In solchen Momenten ist es schön, sich mit nackten Fakten von schlingernden Härchen zu beruhigen.

Er stelle sich dann ein Getreidefeld im Sommerwind vor, sagt der Arzt. Werden die Ähren angestoßen, reagieren sie mit zunehmendem Alter nur noch wie in Zeitlupe. Dem Kollegen, der wieder von Grippe und Kopfschmerz genesen ist, hat das eingeleuchtet. Er bewegt sich nur noch tänzelnd wie im Sommerwind.

Er hat allerdings auch damals schon, im Moment seines Auftritts, Linderung erfahren. »Das war ein Schubverband«, hatte der mitfühlende Zuschauer aus Reihe eins gesagt, als er den schweren Mann leiden sah. »Das kommt hier öfter vor.« Schubverband, das klang nach einer Wickeltechnik für Schwerverletzte. Es entpuppte sich aber als etwas, das Menschen, die nicht am Wasser gebaut haben, wohl als Frachtkahn bezeichnen würden. Die Veranstaltung fand auf einem Schiff statt. Ein vorbeifahrender Kahn hatte sanfte Wellen verursacht, so dass der Kollege das Gefühl hatte, die ganze Welt drehe sich nur um ihn.

GEFÄHRLICHE BETTGESCHICHTEN

Unfälle im heimischen Umfeld werden massiv unterschätzt. Jeder denkt dabei an ein Missgeschick im Haushalt, etwa den Sturz von der Leiter, den Griff in den Mixer, das Malheur mit der Steckdose. Die größte Gefahr aber lauert im Bett. Noch immer ist es allerdings ein Tabu, über entsprechende Unfälle zu sprechen. Nachdem sich die Berichte im Kollegen- und Bekanntenkreis jedoch neuerdings häufen, können die unheimlichen Unglücksfälle nicht länger verschwiegen werden. Womöglich sollte es bald Fachärzte für Liege- und Bettheilkunde geben, denn die Medizin steht der Bedrohung bisher unvorbereitet gegenüber.

Besonders tragisch erwischte es einen Kollegen. Er gibt vor, dass ihn nachts ein Krampf übermannt habe. Angeblich kein Schreibkrampf, sondern eine Kontraktion der Wade. Therapeutisch übereilt sei er aus dem Bett gesprungen, umgeknickt und gegen den Schrank gefallen. Obwohl seine Nase nicht besonders groß ist, habe sie zuerst Kontakt mit dem Möbel aufgenommen und sei stark angeschwollen.

Häufiger als früher sitzt der Kollege jetzt auf meinem gelben Sofa. Er gibt dann vor, interessante Hintergrundpapiere dabeizuhaben. In Wirklichkeit will er gegen Ende des Gesprächs nur die Bestätigung, dass seine Nase noch genauso schön ist wie vorher. Ich vermute allerdings häusliche Gewalt.

Die kam mir auch in den Sinn, als mir ein anderer Kollege seine Leidensgeschichte aus dem Bett erzählte. Er sei morgens aufgewacht, habe sich noch im Halbschlaf gestreckt und dann zum Fenster schräg hinter sich nach dem Wolkenstand geschaut.

Nachdem er gegähnt hatte, konnte er plötzlich den Mund nicht mehr schließen. Ansonsten ein Morgenmuffel, wurde er akut hellwach, als er sich seiner Maulsperre bewusst wurde. Panik kroch in ihm hoch. Dieser federnde Widerstand, der zunahm, wenn er die Lippen zusammenführen wollte, ließ ihn an Verzweiflungstaten denken. Irgendwo hatte er zuvor den Begriff Vernichtungsschmerz gelesen.

Er versuchte telefonisch seine Freundin zu überzeugen, ihn abzuholen. Die hielt ihn jedoch für einen obszönen Anrufer und legte auf, als er mit offenem Mund seine Not schilderte. Während er sich entstellt durch die Stadt schleppte, um persönlich bei ihr vorstellig zu werden, ahnte er, was sozialer Vernichtungsschmerz ist. Als er endlich bei seiner Liebsten war, fuhr sie mit ihm aber sofort in die nächste Zahnklinik.

Dort wollte der diensthabende Arzt zwar gern helfen. Vorher bat er allerdings um die Erlaubnis, ein Foto zu machen, um es den Studenten in der Vorlesung zu zeigen. Die stammelnde Entgegnung des sonst sprachlosen Kollegen konnte man nicht wirklich als eine formgerechte Zustimmung nach medizinischer Aufklärung bezeichnen.

Ein Bekannter riss sich ein Band im Knie, als er morgens aufstehen wollte. Es dauerte lange, bis es wieder geheilt war. Ein anderer stieß beim nächtlichen Toilettengang so unglücklich an eine Fußleiste, dass er sich zwei Zehen brach und monatelang Spezialschuhe tragen musste.

Man überlegt sich natürlich, wieso solche Missgeschicke fast nur Männern passieren. Oder wie die Kollegin fragte: Was machen die im Bett für Sachen – selbst wenn die Prostata sie nicht raustreibt? Bei Unfällen im Haus sollte man besser von Unfällen im Bett sprechen. Die gefährlichen Bettgeschichten sind jedoch meist keine Malheurs à la Bohlen, dessen »kleiner Dieter« einst blau anlief. Das ist selten. Die alltägliche Not im Bett wird hingegen immer größer. Besonders gefährlich ist es offenbar, zu verkrampfen oder mit dem falschen Fuß aufzustehen.

DAS SCHWEIGEN DER KENNER

Es war die heikle Zeit, da der Brechungsindex der Augenlinse, die Filterleistung der Nierenkanälchen und die Potenz ihrem natürlichen Höhepunkt entgegenstrebten, also im Alter zwischen 16 und 18 Jahren, als die Freundin deutlich zu theatralisch in den pollensatten Frühling hinaussprach: Es ist schön, zusammen schweigen zu können. Ich sagte – performativ angemessen – erst mal nichts, erkannte aber schlagartig, dass ich mich bald von ihr würde trennen müssen. Seitdem ist es nicht einfacher geworden, im therapeutischen Zwiegespräch den richtigen Zeitpunkt für eine effektvolle Schweigeminute zu erhaschen.

Auf meinem gelben Sofa häufen sich in letzter Zeit die Klagen über Ärzte, die ihre Patienten kaum zu Wort kommen lassen. Eine Redakteurin für die schönen Dinge im Leben beschwerte sich kürzlich über ihren Arzt, der ihr ständig ungefragt etwas von seinen Freizeitaktivitäten erzählte. Ein anderer Kollege, der sonst nicht auf den Mund gefallen ist, war ein, zwei Tage lang ziemlich verstört. Er wollte mit seinem Arzt endlich ein paar grundlegende Fragen zu seiner fragilen Wirbelsäule erörtern, sei aber nicht dazu gekommen, weil der Mediziner entweder einfach weiterredete, ein Rezept ausstellte oder sich bereits zur Verabschiedung erhoben hatte, ohne dass der Kollege sein Anliegen hätte vorbringen können.

Liebe Ärzte, ihr müsst das mit der sprechenden Medizin irgendwie falsch verstanden haben. Sprechende Medizin bedeutet nicht, dass der Arzt redet und der Patient zuhört. Eigentlich war das eher umgekehrt gemeint. Weil es Medizinern offenbar schwerfällt zuzuhören, gibt es mittlerweile sogar Hilfestellungen für allzu selbstbezogene Ärzte. Falls der Arzt die nicht kennt, sollte man sich als Patient nicht scheuen, die entsprechenden Tipps beim nächsten Mal seinem Doktor zu verraten, wenn man denn zu Wort kommt.

Um Ärzte daran zu gewöhnen, auch mal eine Pause zu machen, hilft es beispielsweise, wenn sie leise und langsam 21, 22, 23 vor sich hin zählen, nachdem der Patient einen Satz beendet hat. Oft redet der Patient dann in die ärztliche Pause hinein weiter und offenbart, was ihm wirklich wichtig ist. Zuhören bedeutet aber nicht, nur bedeutungsschwanger zu nicken, nebenbei Verbände zu wechseln oder Verordnungen abzuzeichnen, wenn der Patient etwas sagt. Man muss schon ganz bei der Sache sein.

Schweigen kann therapeutisch oder pathologisch wirken. Es ist der Heilung zuträglich, wenn der Patient sich besser verstanden fühlt, weil der Arzt mal die Klappe hält. Die Genesungschancen sind größer, wenn sich der Kranke geborgen weiß. Eine zu lange Pause kann aber auch schädlich sein. Vermutet ein Patient beispielsweise, dass er todkrank ist, und will von seinem Arzt wissen, ob er bald sterben muss, kann es den Kranken in tiefe Not stürzen, wenn der Doktor die Antwort zu lange hinauszögert, weil er sich beim Memorieren und leisen Abzählen von 21, 22, 23 verhaspelt hat.

Natürlich kommt es auf den Einzelfall an, die Kasuistik. Neulich erzählte ein Kollege von der Schwangerschaft seiner Frau. Er ging mit zur Kontrolluntersuchung. Der Arzt war äußerst wortkarg. Ihr gefiel das, sie hält ihn für den besten Arzt, den sie kennt. Zur Begrüßung murmelte der Doktor nur ein aufmunterndes »Und?«. Dann Schweigen. Als sie ihre bisherige Schwangerschaft geschildert hatte, schwieg er weiter. Dann deutete er wortlos auf die Liege für die Ultraschalluntersuchung. Sie legte sich hin und der Arzt ließ sich zu einem wahrhaft langen Satz hinreißen: »Nicht wundern, ich sage jetzt erst mal eine Weile nichts.«

HALBNACKT UND ANGEZÄHLT

Als Arzt will man helfen, wo man kann. Allzeit bereit, immer und überall. Es gilt das karitative Motto: Heilen selten, lindern oft, helfen immer. Doch sogar ein ausgeprägtes Helfer-Syndrom stößt bisweilen an natürliche Grenzen. Letztens kam ein Kollege vorbei und setzte sich auf mein gelbes Sofa. Er wollte einen guten Arzt für seine Oma in Schweinfurt empfohlen bekommen. Nun kannte ich den Kollegen nicht mal dem Namen nach und auch nicht seine Oma. Die Ärzte in Schweinfurt waren mir ebenfalls fremd, auch bei den Medizinern in Ochsenfurt und Hassfurt musste ich passen.

Also blieben bloß allgemeine Abwägungen. Genau kann man das ja nie sagen, aber es gibt Indizien, die für oder wider einen Arzt sprechen und vermuten lassen, wie er es mit den Leuten hält, die zu ihm kommen. Das ist ähnlich wie in der Gastronomie. Finden sich auf dem Grund des beleuchteten Glaskastens, in dem die Speisekarte von Gaststätten ausgehängt ist, beispielsweise Fliegen, die starr mit allen sechs Beinen nach oben zeigen, spricht dies weder für häufige Abwechslungen in der Menüfolge, noch für ausgeprägtes Feingefühl gegenüber den Gästen.

Ähnlich ist das bei Ärzten. Was in der Gastwirtschaft die Speisekarte, ist in der Medizinwirtschaft die Art und Weise, wie der Arzt die Kranken zu sich kommen lässt. Noch immer gibt es in einigen Praxen die Unsitte, Gesunde nur von manchen Fleischtheken im Supermarkt aus den achtziger Jahren zu kennen. Man musste damals aus einem Automaten, der aussah wie ein Föhn, einen Abrisszettel mit Nummer ziehen. Die wurde aufgerufen oder angezeigt, und erst dann durfte man sein Pfund Hack bestellen. Manche Kliniken pflegen diesen Brauch in Ambulanzen ungerührt bis heute weiter. Das spricht dafür, dass diese Krankenhäuser in den vergangenen 25 Jahren nicht renoviert worden sind. Es erklärt zudem, warum sich viele Patienten wie eine Nummer oder ein Stück Fleisch vorkommen.

Noch schlimmer ist die Methode, die ebenfalls an Supermärkte oder den letzten Aufruf zum Besteigen der Maschine im Flughafen eines Nachfolgestaats der Sowjetunion erinnert: Über einen knarzenden und nur Konsonanten ausspuckenden Lautsprecher werden die Delinquenten ins Arztzimmer gerufen. Ein Rätsel der Technik: Menschen können zum Mond fliegen, sind aber offenbar nicht in der Lage, verständliche Lautsprecherdurchsagen auf Bahnhöfen, Flughäfen oder in Arztpraxen zu machen. Besonders sadistisch treibt das ein Neurologe, den ein Kollege gelegentlich aufsucht. Obwohl seine Patienten zumeist schwerhörig, dement oder beides sind, lässt er sie über einen völlig verrauschten Lautsprecher aufrufen. Entweder verstehen die Menschen im Wartezimmer die Ansage nicht, oder sie wissen längst nicht mehr, dass sie gemeint sind.

Entwürdigender ist nur noch die räumliche Distanzlosigkeit. Dazu gehören etwa die Stuhlreihen des Wartezimmers, die direkt am Empfang beginnen, so dass alle Patienten mithören können, wenn man dezent die geplante Entfernung der Hämorrhoiden ansprechen will. Ähnlich erniedrigend ist es, vom Praxispersonal aufgefordert zu werden, sich schon mal in der Behandlungskabine zu entkleiden. Halbnackt sitzt man auf kalten Plastikstühlen und wartet darauf, dass endlich der Arzt – bis oben hin zugeknöpft – kommt und seinen Blick noch vor der Begrüßung auf das malade Knie oder die Wunde am Kopf richtet.

Das muss nicht sein. In einen Schuhladen muss man auch nicht barfuß kommen, zum Metzger nicht hungrig, ins Dessous-Geschäft nicht nackt.

BUTTERKUCHEN FÜR ALLE

In der Klinik gewesen, schlechtes Gewissen gehabt. Denn dort hängt im Eingangsbereich für alle Besucher sichtbar ein Plakat. Darauf ist eine aparte junge Frau im weißen Kittel zu sehen. Sie bekennt sich schonungslos dazu, Medizinerin zu sein. Zudem möchte sie sich gegen Grippe impfen lassen. Sie will nämlich Vorbild sein, sagt sie. Ein kritischer Geist hat allerdings mit Kugelschreiber auf das Poster geschrieben: Stimmt gar nicht, von wegen Vorbild – nur 28 Prozent des medizinischen Personals haben sich gegen Grippe impfen lassen.

Unter Ärzten gibt es die jahrhundertelange Tradition, sich alles andere als gesundheitsbewusst zu verhalten. Jeder kennt dicke und unsportliche Mediziner. Ärzte rauchen und saufen zudem mehr als die übrige Bevölkerung. Sie sind häufiger tablettensüchtig oder von anderen Drogen abhängig, und das nicht nur, weil sie in ihrem Berufsalltag nah an der Quelle sind, sondern weil sie die wundersamen Verwandlungen und Aufhellungen kennen, die der gezielte Einsatz von Pharmaka auszulösen vermag.

Wahrscheinlich ist ihre heimliche Auflehnung gegen Gesundheits-Imperative und Wellness-Terror der Grund dafür, dass Ärzte seit Jahrzehnten unangefochten das höchste Prestige unter allen Berufen genießen. Zudem schaffen sie es, sich jedes Laster schönzuforschen. Im Alkohol finden sie nicht nur individuellen Trost, sondern auch ein bisher zu Recht übersehenes Molekül, das verstopfte Arterien freipustet. Neurologen richten sich in Kliniken Räucherkammern ein, weil ein paar Forscher Faktoren im Nikotin entdeckt haben, die angeblich dem Gedächtnis zuträglich sind. Ich tue etwas gegen Alzheimer, sagt der Doktor, wenn er sich zur Zigarettenpause zurückzieht.

Menschen schätzen an Medizinern ihren zivilen Ungehorsam, ihre persönliche Renitenz. Wo Prävention zur Pflicht wird, bietet nur noch das Risiko Vergnügen. Letztens habe ich einen Arzt gesehen, der im Mittelmeerurlaub nicht mal Sonnencreme benutzte. Wahrscheinlich aß er auch keine Light-Produkte. Wer hat sonst noch den Mut, sich im Beruf trotzig dem Tod entgegenzustemmen und privat sein Leben aufs Spiel zu setzen?

Kürzlich kam ein Arzt vorbei und nahm maliziös lächelnd auf meinem gelben Sofa Platz. Er erzählte, dass er seinen Kindern gerade »Karius und Baktus« vorlesen würde. Die beiden Zahnkeime flehen gegen Ende des Buches elendig um Butterkuchennachschub, nachdem ihnen Zahnbürste und Zahnarzt übel zugesetzt haben. Der befreundete Arzt isst für sein Leben gern Butterkuchen. Nach der Lektüre hat er seinen Kindern ein Blech voll mitgebracht. Wieder ein Triumph über die Gesundheitspolizei.

Dieser Widerstandsgeist ist nicht jedem gegeben. Ein Redaktionskollege beklagte sich vor kurzem bitterlich über seine Frau. Er habe zu Hause gesessen und nichtsahnend neue Panini-Fußballbilder ins Album geklebt. Da sei seine Frau gekommen und habe erst abschätzig auf seinen Bauch geblickt und ihm dann wortlos einen Artikel aus der Krankenkassenpostille auf den Schreibtisch geworfen. Darin stand, wie sehr das Risiko für Herzinfarkt steigt, wenn der Bauchumfang ein bisschen wächst. Die Gefahr war schon im Alter von 35 Jahren unermesslich, ab 45 und einem Bauchumfang von 102 Zentimetern lag die Wahrscheinlichkeit weit über 100 Prozent.

Und der Kollege? War leider kein Mediziner und dem Gesundheitswahn schutzlos ausgeliefert. Keine Studie parat über Vorteile und Vorurteile zum stammzentrierten Bauchfett. Keine Entlastung, nirgends. Stattdessen: im Zimmer gesessen, Schokolade gegessen, geweint.

MAN MUSS SICH AUCH TRENNEN KÖNNEN

Der Mensch, sofern er nicht Athlet oder Aktmodell ist, vernachlässigt seinen Körper. Er hängt allerdings manchmal hartnäckig an den Einzelteilen, sogar an jenen, die nicht mehr für den weiteren Gebrauch bestimmt sind. Schon Kinder fangen damit an. Sie bewahren Milchzähne auf, die ihnen ausgefallen sind. Werden sie älter und geraten hormonell aus der Balance, legen sich die romantisch Veranlagten ein paar Locken des Liebsten unter das Kopfkissen. Werden sie schrulliger, fällt es manchen selbstbezogenen Zeitgenossen sogar schwer, sich von Finger- und Zehennägeln zu trennen.

Um sich auf die ausgefallenen Bedürfnisse ihrer Klientel einzustellen, bieten immer mehr Kliniken und Arztpraxen an, dass Patienten die während der Operation zutage geförderten Preziosen und andere Körperteile mitnehmen können. Man muss sich das als eine Art Bodyshop inklusive Ersatzteillager vorstellen. Dürfen es noch ein paar Schrauben sein? Als Erinnerung an das Fixiergestell, das die Wade nach dem Knochenbruch wieder in die richtige Achse gebracht hat. Oder vielleicht der Oberschenkelkopf, der erneuert werden musste, weil die Hüfte zu sehr in der Gelenkpfanne schlotterte?

Es gibt allerdings eine klare Hierarchie – auch unter verschlissenen Körperteilen sind manche beliebter als andere. Der entfernte Wurmfortsatz etwa oder das Stück Gallenblase stehen nicht hoch im Kurs. Hier ist das Angebot größer als die Nachfrage. Auch in Zeiten von Plastinatoren, die den Körper sauber, glatt und durchsichtig wie einen Glasbaustein der Nachwelt präsentieren wollen, hält sich der Bedarf nach entferntem Dünndarm, gestrippter Krampfader und Meniskushobelspänen in Grenzen.

Tumorgewebe, Furunkel, Eiterbeulen und Geschwüre will vor ihrer Entfernung schon niemand haben – hinterher auch nicht. Wahrscheinlich erinnern sie zu sehr an das Leid, das sie verursacht haben. Dieses Motiv ist allerdings nicht immer gültig. Nieren- und Harnsteine werden von manchen Sammlern gerne aufgehoben, vielleicht weil sie vom Finderstolz derer zeugen, die versucht haben, sie beim peinigenden Abgang mit dem Sieb zu erhaschen.

Ein anderer Körperteil weckt – ähnlich wie die Milchzähne – jedoch gleichbleibend das Interesse derjenigen, die ihn zeitweise beherbergen: der Mutterkuchen. Kürzlich saß eine hochschwangere Bekannte auf meinem gelben Sofa. Sie wollte wissen, welches die beste Geburtsklinik für sie wäre. Ihr tapfer im Vorbereitungskurs mithechelnder Partner favorisiert zwar schon eine Klinik. Sie aber will unbedingt in ein Krankenhaus, aus dem sie auch ihre Plazenta mitnehmen kann. Sie will sie im Garten vergraben und einen Baum darauf pflanzen. Manche Paare würden sogar von dem Mutterkuchen probieren, wusste sie zu berichten.

Wahrscheinlich sind Paare, die den Mutterkuchen weiterverwerten, nur besonders traditionsgläubig. Sie halten es womöglich mit der k.u.k. Monarchie. Die Habsburger Begräbnisrituale sehen es schließlich vor, den Körper über seine Heimat zu verteilen. Skelett und äußere Hülle der Kaiser, Könige, Thronfolger und Erben ruhen in Wien in der Kapuzinergruft. Die Eingeweide liegen zwei Straßen weiter in den Katakomben des Stephansdoms. Die Herzen lagern in der Augustinerkirche der Hofburg.

Auf den Innereien und Gebeinen der Habsburger ist eine zwar morbide, aber dennoch prunkvolle Stadt errichtet. Was aber soll das arme Kind denken, wenn auf dem langsam verfaulenden Humus des Mutterkuchens, der ihm einst Nahrung bot, nur eine Krüppelkiefer oder ein paar dürre Flachwurzler gedeihen?

ES IST NUR EIN ARZT

»Rezepte schreiben ist leicht, aber im Übrigen sich mit den Leuten verständigen ist schwer«, heißt es in Kafkas Erzählung *Ein Landarzt.* Die Geschichte geht nicht gut aus für den Doktor, wobei unklar bleibt, ob es vielleicht daran liegt, dass der Mann weder Kurse in psychosomatischer Grundversorgung noch ein Kommunikationstraining für Mediziner absolviert hat. Trotz vielfältiger Fortbildungsmodule für Doktoren stimmt Kafkas Beobachtung noch immer, dass nicht vielen Ärzten die Gabe der Rede gegeben ist. Sie reden mal zu wenig, mal unverständlich, mal gefühllos – oder sie reden ohne Unterlass, so dass die Patienten kaum zu Wort kommen.

Allerdings drohen nicht alle Kranken und Angehörigen mit so rabiaten Gegenmaßnahmen, wenn sie sich vom Arzt unverstanden oder schlecht behandelt fühlen, wie Kafka es beschreibt: »Entkleidet ihn, dann wird er heilen. Und heilt er nicht, so tötet ihn! 's ist nur ein Arzt, 's ist nur ein Arzt.« Damit der Arzt nach der Therapie nicht nackt dasteht oder gar tot daliegt, sind heutzutage zum Glück medizinische Schlichtungsstellen eingerichtet.

Es gibt allerdings Situationen, in denen man als Patient nichts mit medizinischem Personal zu tun und zu reden haben möchte – egal, wie es sich dabei anstellt. Das gilt besonders für die Momente im Leben, die sich außerhalb von Praxis oder Klinik abspielen. Gut, den Chirurgen, der das Schienbein wieder ausgerichtet, oder den Orthopäden, der den Meniskus gefräst hat, den sieht man mit einer Mischung aus Respekt und scheuer Distanz auch an der Käsetheke gerne. Heikler wird es da schon mit dem Hausarzt, der zuverlässig Krankschreibungen ausgestellt hat und den man nun überraschend an einem Werktag im Spaß- und Erlebnisbad trifft. Den Schönheitschirurgen, der dem flachen Gesicht etwas Profil verliehen und die Lippen aufgepolstert hat, will man hingegen weder auf einer Abendgesellschaft noch beim Speed-Dating treffen.

Noch peinlicher kann es werden, wenn es um intime Details der Arzt-Patienten-Beziehung geht. Ein Leser aus Norddeutschland beklagte sich kürzlich in einem Brief darüber, dass sein Arzt in einer kleinen Ortschaft immer – wirklich immer – seine Sprechstundenhilfe dabeihabe, damit sie Besprochenes, Diagnosen und Verordnungen in den Computer eingibt. Er wurde nicht konkret, aber es ging wohl auch um Körperregionen, die neuerdings großräumig als Feuchtgebiete umschrieben werden. Zwar seien die jungen Frauen, die in der Praxis arbeiten, wie die Ärzte zur Verschwiegenheit verpflichtet, aber in dem Dorf, in dem es sonst nicht viel zu erzählen gebe, würden sie sich bestimmt mit den Freundinnen darüber austauschen, was welchen Nachbarn unter der Gürtellinie juckt.

Ein anderer Leser wurde von seinem Arzt beim Stadtteilfest angesprochen. Der tat vertraulich und raunte dem Mann ins Ohr, ob das Brennen beim Wasserlassen nachgelassen habe. So was will man zwischen Grillwurst und dem Schminkstand für Kinder nicht hören.

Es kann noch schlimmer kommen und der Patient sogar zum Gespött werden. Auf meinem gelben Sofa saß vor ein paar Tagen der Kollege, der einst mit einer Maulsperre, die er sich beim Gähnen zugezogen hatte, in die Klinik musste. Die Röntgenassistentin habe schon so amüsiert geschaut, als sie nach der Behandlung eine Aufnahme von seinem Kiefergelenk anfertigte. Ein paar Tage später kam es dann in der Stadt zu seiner seltsamen Begegnung. Der Kollege ging an einem Eiscafé vorbei und plötzlich lachten ihn mehrere junge Frauen eher aus als an. Eine zeigte auf ihn – es war die Röntgenassistentin – und rief feixend: »Der war's, der war's.«

»So sind die Leute in meiner Gegend. Immer das Unmögliche vom Arzt verlangen«, schreibt Kafka. Nein, es geht nicht um das Unmögliche. Es geht manchmal nur um ein bisschen Diskretion.

DER RUMPF EINER GÖTTIN

Er war ein Mann des Wortes, doch wenn es darauf ankam, fand er das richtige selten. Schriftlich floss es nur so dahin, aber mündlich stockte und stammelte er. Seine ganze Leidenschaft galt zwar der Literatur, doch dann und wann regten sich bei ihm auch andere Triebe. Jetzt saß er auf meinem gelben Sofa und wollte nicht so recht mit der Sprache herausrücken. Ihm tat nichts weh, sagte er, die Verdauung sei regelmäßig und in Ordnung, soweit er das beurteilen könne – und trotzdem fehle ihm etwas.

Nach einigen Ausflüchten und Umwegen lag die Diagnose zweifelsfrei vor. Er konnte sich auf nichts mehr konzentrieren, tagsüber träumte er, nachts lag er wach. Bauch flau, Knie weich, das Herz schwer – er war unzweifelhaft verliebt. Irgendwo hatte er gelesen, dass sich mit Frauen ebenso beiläufig wie dauerhaft ins Gespräch kommen lässt, wenn man über medizinische Themen redet. Sein erster Versuch der Kontaktaufnahme ging allerdings nicht glücklich aus. Er wollte der Auserwählten ja nur ein Kompliment machen und ihre anmutige Erscheinung loben, ohne zu direkt oder gar vulgär zu wirken.

Wie er so zerknirscht auf meinem gelben Sofa saß, hatte er inzwischen allerdings selbst Zweifel, ob das Zitat aus dem Spätwerk Jean Pauls wirklich so gut gewählt war, mit dem er sie erobern wollte. »Rumpf einer Göttin! Brustkasten für einen Gott!«, hatte er verführerisch hauchend zu ihr gesagt. Und dann weiter deklamiert: »Und das feine Hautwarzensystem und das Malpighische Schleimnetz und die empfindsamen Nervenstränge darunter! O ihr Götter!«

Sie hatte sich daraufhin peinlich berührt abgewandt und war ihm auch dann nicht wieder nähergekommen, als er ihr wahrheitsgemäß erklärte, dass der Titelheld in Jean Pauls Roman *Dr. Katzenbergers Badereise*, aus dem er immerhin auswendig zitiert hatte, ein Anatomieprofessor ist, dessen Lieblingsbeschäftigung nun mal darin besteht, menschliche Missgeburten und Anomalien zu sammeln.

Empfehlungen in Liebesdingen sind ja eine heikle Sache, aber wir kamen dann doch überein, dass ein 200 Jahre alter Roman vielleicht nicht immer die geeignete Vorlage ist, um das Herz einer Frau zu gewinnen. Erst recht nicht, wenn es darin hauptsächlich um anatomische Fehlbildungen und medizinische Monstrositäten aller Art geht. Vielleicht zieht so etwas ja auf einem Pathologen- oder Anatomenkongress. Ansonsten gilt: Körperliche Details sollten zumindest im Anbahnungsgespräch gemieden und eher zeitgenössische Texte oder gar ein poetisches Werk zitiert werden.

Ein paar Wochen später saß der Literaturfreund wieder auf meinem gelben Sofa. Jetzt wirkte er noch zerknirschter als das letzte Mal. Glücklich Verliebte sehen anders aus. Jeder Arzt hätte ihm ohne Untersuchung sofort eine Krankschreibung für die nächsten sechs Wochen ausgestellt. Der körperliche Verfall hatte in kurzer Zeit erschreckende Ausmaße angenommen. Er hatte die Frau, nach der er sich verzehrte, in einer Bar wiedergesehen und sich nach seiner Schmach beim letzten Treffen nicht sofort getraut, sie anzusprechen. Ein paar Bier lockerten jedoch seine Zunge und stärkten seinen Mut.

Er ging auf sie zu und wusste, dass er diesmal anders vorgehen musste, klarer, unverstellter. Er setzte sich neben die Frau, die er anhimmelte. Als er ihr zartes Lächeln als Gesprächseröffnungssignal fehlgedeutet hatte, fasste er sich ein Herz und redete drauflos. Diesmal zitierte er ein eher robustes Gedicht von Robert Gernhardt: »In jeder Frau da steckt / ein Sexualobjekt. / Das muss der Mann erwecken, / sonst bleibt es in ihr stecken.«

»Du Ferkel«, sagte sie, gab ihm – ganz prosaisch – eine Ohrfeige und ging. Erniedrigt schlich er aus dem Lokal. Als er das Ticket für den öffentlichen Personennahverkehr löste, fielen ihm die Zeilen von Max Goldt ein, die nur für ihn verfasst zu sein schienen: »Ungeduscht, geduzt und ausgebuht / fuhr ich in einer überfüllten U-Bahn / weh nach Hause.«

INTERNE DOKTORSPIELE

Der moderne Mensch und sein Körper sind sich weitgehend fremd geblieben. Vieles gilt dem Gehirn als eklig, tabu oder beides, obwohl es vom Rest der fleischlichen Existenz fortwährend produziert und ausgeschieden wird. Andererseits bleibt von den frühkindlichen Doktorspielen bis zur senilen Demenz bei den meisten Menschen ein lebenslanges Interesse an Erzeugnissen ihres Körpers bestehen. Anders ist es kaum zu erklären, mit welcher liebevollen Hingabe sich mancher Kollege, der nicht mehr Kind und noch nicht Greis ist, seinen ureigensten Bestandteilen und Absonderungen widmet.

Unverstanden ist bis heute beispielsweise das Phänomen des Mannes, der mitten in einer Besprechung den Kamm zückt, um sich die Haare zu richten. Gelegentlich verharrt er, um die Struktur einer Locke oder einer silbrig matt schimmernden Schuppe zu betrachten, deren feingliedriges Geäst manchmal die Durchbruchstellen der Haare erahnen lässt. Immerhin trägt er die Bürste nicht in der Brusttasche, wie es unter Halbstarken in den späten siebziger Jahren üblich war. Ein anderer Kollege schneidet sich gelegentlich vor Publikum die Fingernägel oder nimmt andere Nachbesserungen vor. Manchmal entfernt er abstehende Hautnägel oder andere Unebenheiten im Nagelbett, die beim Tippen stören würden.

Die Konsistenz von Popeln und Ohrenschmalz scheint manchen Menschen ebenfalls einer genaueren Überprüfung wert zu sein. Immer wieder werden sie gedehnt, geformt und anderen Belastungstests ausgesetzt, bis sie ihren endgültigen Bestimmungsort unter der Tischplatte erreichen. Wer bisher nicht näher mit anderen Völkern und Sitten Bekanntschaft gemacht hat, dem sei verraten, dass das Ohrenschmalz von Asiaten eher trocken und krümelig und von grauer Farbe ist. Bei Menschen mit weißer oder schwarzer Hautfarbe ist er hingegen gelblichweiß und eher weich. Generell gilt hier Ähnliches wie für die Reste in den Zahnzwischenräumen, die mancher Mitesser in der Kantine mit der Kreditkarte zutage fördert: Auch wenn den Kollegen nichts Menschliches fremd ist, sollten solche Fundstücke nur studiert werden, wenn man mit sich allein ist.

Medizinisch sind diese Forschungsarbeiten in eigener Sache sowieso zumeist unergiebig, auch wenn Generationen von Ärzten schon an der Patientenreaktion auf die Frage verzweifelt sind, ob ihnen an der Konsistenz des Stuhlgangs etwas aufgefallen ist. Das hätten sie im Wasser nicht so richtig erkennen können, lautete die stereotype Antwort. Wenn der medizinische Fortschritt an etwas scheitert, dann am diagnostisch hinderlichen WC-Modetrend hin zum Tiefspüler, der den Flachspüler weitgehend verdrängt hat.

Während Popel und Ohrenschmalz eher im Stillen ihre Anhänger finden, gibt es manche Menschen, die ungefragt von ihren Absonderungen erzählen müssen. Gemeint sind die Frauen. In der Pubertät war es wahrscheinlich ein Signal der erwachenden Weiblichkeit, wenn ein Mädchen allen Freundinnen (und auch interessierten Jungs) mitgeteilt hat, dass sie dies oder jenes (besonders den verhassten Sportunterricht) nicht mitmachen könne, weil sie gerade ihre Tage habe. Jungen haben damals ja auch ihre ersten Barthaare und andere sprießende Anzeichen erster Virilität verglichen. Aber diese Zeiten sind vorbei, Männer tun das nicht mehr.

Manche Frauen behalten die Schulrituale bei. Was damals lästig war, will man heute erst recht nicht von Kolleginnen wissen, die man nur vom Vorübergehen kennt. Kürzlich saß ein Bekannter auf meinem gelben Sofa und beschwerte sich darüber, dass seine Kollegin ihn immer in ihren Zyklus einweihen würde.

»Ich rede ja auch nicht davon, wenn mich im Schlaf eine Ejakulation überrascht hat und ich die geplante Besprechung lieber verschieben würde«, sagte er.

LLANFAIRPWLLGWYNGYLL

Es ist eher so ein Seufzer in Moll. Manche sagen Grunzen dazu. Das trifft es aber nicht ganz, denn in dem gutturalen Ton sind viele Elemente enthalten. Mit etwas Phantasie kann man das dumpfe Brummen nepalesischer Klangschalen erahnen. Manchmal überwiegen auch Nuancen, die an Schweizer Schnarchmeisterschaften erinnern, wobei man sich vorstellen muss, dass den Schnarchern aufgegeben wurde, das schöne helvetische Wort Chuchichäschtli zu schnarchen und dabei ein Sägewerk zu imitieren. Produktiv im medizinischen Sinne sind die Töne nicht, die der Kollege seinem Rachen entlockt. Das heißt, es werden weder Schleim noch andere Bronchialsekrete ans Tageslicht befördert.

Die Produktivität ist es allerdings, die schon mehrere Kollegen auf mein gelbes Sofa geführt hat. Sie beklagen nämlich, dass ihre Produktivität unter den ebenso unvorhersehbaren wie heftigen Lautäußerungen des Zimmernachbarn leiden würde. Ein verdienstvoller Redakteur aus dem Wirtschaftsressort ist bereits angetreten, um den geschätzten Arbeitsausfall und die Minderung der Jahresleistung zu berechnen.

Es gibt etliche Erklärungen für das anstrengende Rachengeräusch mit den vielen doppelkonsonantischen Stotterern. Im unsteten Fluss des Lebens kann ein vertrauter Laut – wenn er ständig wiederholt wird – schon mal ein wenig Halt geben. Was man sich angewöhnt hat und in Krisenzeiten mantrahaft reproduziert, verleiht eine gewisse Sicherheit. Manche Männer – natürlich nicht hier in der Redaktion – ordnen sich bei jeder Gelegenheit den Schritt. Nicht weil es dort klemmt, sondern zur

Beruhigung. Ein dem Feuilleton nahestehender Kollege bellt erst mal, einem Fanfarenstoß gleich, mit einem gewaltigen Donnerräuspern seine Atemwege frei, bevor er in großer Runde Bedeutendes von sich gibt. Ein Fremdkörpergefühl im Hals – Mediziner kennen den hübschen Begriff Globus hystericus dafür – kann sich schnell zum allgemeinen Gefühl der Entfremdung, ja zum Weltekel auswachsen, dem sich der Betroffene dann nur mit Bass-Vibrationen zwischen Stimmritze und Gaumensegel abzuhelfen weiß.

Der Kollege, der immer wieder Schallwellen mit kehlkopflastigen Klangfarben über den Flur schickt, die keine Asterix-Sprechblase (Grmmpf oder Chrrrrr?) je ganz erfassen könnte, ist stimmlich besonders aktiv, wenn er in hitzige Debatten verstrickt wird. Manchmal hat man das Gefühl, er möchte den weltweit längsten Namen eines Ortes aussprechen – und zwar in einer Sekunde. Die walisische Kleinstadt heißt Llanfairpwllgwyngyllgogerychwyrndrobwllllantysiliogogogoch. Kenner kürzen sie aber als Llanfairpwllgwyngyll ab.

Mit der Einsicht in körperliche Alleinstellungsmerkmale ist das so eine Sache, wie man seit Loriots Nudel-Sketch weiß. Aber besteht nicht die Pflicht zum Widerstand, wenn intime Macken zur kollektiven Last werden? Nicht alle Mitarbeiter verfügen über so viel Introspektionserfahrung wie der ebenfalls sprachlich angeschlagene Kollege, dessen sonst symmetrischer Gesichtsschädel eine Nasenscheidewand beherbergt, die sich – gegen jeden Trend – horizontal statt vertikal gestellt hat.

Die ebenso knapp bemessenen wie nasalen Äußerungen verleihen seinen Wortbeiträgen eine Anmut, als sei er direkt einem britischen Elite-Internat entsprungen. Diese vornehm-elaborierte Aussprache und seine hypochondrisch exaltierte Angst vor Operationen haben den Kollegen bisher allerdings von jedem chirurgischen Eingriff abgehalten, so dass in seiner Nase längst noch nicht zusammenwächst, was zusammengehört.

Der gutturale Grunztöner ist von solchen Einsichten hingegen noch weit entfernt. Ihm scheint nicht mal aufzufallen, dass er regelmäßig rotzige Laute von sich gibt. Vor Monaten einmal darauf angesprochen, reagierte er ehrlich entrüstet: »Was, das ist ja eklig!«

ARTENSCHUTZ FÜR PROBLEMZONEN

Angeblich gibt es in Deutschland nur zwei Themen, über die gar nicht oder nur unter vier Augen geredet wird: Sex in der Ehe und die Höhe des monatlichen Einkommens, wobei beides nichts miteinander zu tun haben muss. Leider gehören körperliche Schwächen – wenn sie Gesunde betreffen – nicht mehr zu den zu Recht tabuisierten Bereichen. Damals im Studium zeichnete sich das schon ab. Wenn sich seinerzeit zwei Frauen, die sich heuchlerisch als Freundinnen bezeichneten, vor der Mensa trafen, begrüßte die eine die andere regelmäßig mit den aufmunternden Worten: »Mensch, du siehst heute aber ziemlich beschissen aus. Diese fetten Ringe unter den Augen, du bist ja fertig.«

Damals schien mir diese rituell aggressive Gesprächseröffnung eine spezifisch weibliche Form der Anteilnahme zu sein, die unter Männern so nie möglich gewesen wäre. Männer sind diskreter und solidarischer; falsche Freundlichkeit liegt ihnen genauso fern wie die Bloßstellung körperlicher Ermüdungs- und Abnutzungserscheinungen. Dachte ich zumindest.

Neuerdings werden jedoch auch Männer bei der Begrüßung invasiv, manchmal sogar handgreiflich. Ein sehr hagerer Kollege aus dem Feuilleton patschte beispielsweise einem eher athletisch aufgestellten Redakteur vor kurzem auf den Bauch und sagte zu ihm: »Mensch, du wirst ja dick.« Dann lachte er glucksend. Sogar der männliche Nachwuchs macht die Verhöhnungen mit. Ein Freund bekam von seinem 14-jährigen Sohn das Magazin *Men's Health* zum Geburtstag. Auf dem Titel sah man einen

Halbnackten, bei dem die medizinisch völlig nutzlosen Intersectiones tendinea durch die unbehaarte Bauchdecke schimmerten. Der Laie kennt sie als moderne Marterpfähle, stellen sie doch die unter Opfern erworbenen Einkerbungen dar, die dem Waschbrettbauch sein Karomuster verleihen. Ein anderer Kollege erzählte vor kurzem auf meinem gelben Sofa, dass sein Sohn dem Leistungssport verfallen sei und immer »Papa, du bist zu dick« ruft, wenn er seinen Vater ärgern will. Manche Eltern gehen schon nicht mehr mit ihren Kindern ins Bad.

Derartige Beleidigungen des Bauchfetts und ähnliche Ächtungsversuche werden oft von einem Griff in die Taille begleitet, dorthin, wo der Hüftspeck nicht weiß, ob er unter dem Gürtel oder eher im Schatten des Rippenbogens Schutz suchen soll. Im Vergleich zu diesen fiesen Zwickereien fühlen sich die Zangen, mit denen Ärzte den Körperfettanteil ermitteln, wie Wattebäusche an. Der Griff in adipöse Schwabbelzonen verursacht in jedem Fall gleichermaßen starke körperliche wie seelische Schmerzen.

Im Zuge der neuen Offenheit wird nicht nur über Fettdemonstrationen an der Hüfte geredet. Das geht tiefer, Intimes wird nicht ausgespart. Ich zog einen Kollegen zu Rate, der mit allgemeiner Lebensgrübelei oft auf meinem gelben Sofa sitzt. Er hat Eltern, die in seiner Jugend immer nackt durch die Wohnung gelaufen sind. Die waren total progressiv, kifften und machten auch mal Liebe im Beisein der Kinder. Er hat gesehen, was man als Kind nicht sehen will, geredet wurde nicht darüber. Nacktheit muss also nicht angesprochen werden, Kleidung schützt umgekehrt nicht automatisch die emotionalen Problemzonen.

Neulich, es war bei einem Fest, wurde ein Gast gefragt, warum er so spät gekommen sei. Er war beim Urologen, sagte er. Die Festgemeinde verstummte. So genau wollte man es nicht wissen. Übertroffen wurde diese brutalstmögliche Aufklärung nur noch von der Nachfrage des Kollegen, der einem Redakteur im Treppenhaus zuraunte: »Hast du dich inzwischen eigentlich sterilisieren lassen?« Später saß der derart Verhörte weinend auf meinem Sofa und weigerte sich, jemals wieder über seine Samenleiter Rechenschaft abzulegen.

DAS GROSSE FLIMMERN

Krank zu sein bedarf es wenig. Ein Kratzen im Hals, ein Stechen im Kreuz oder ein Pochen im Kopf stellen sich schnell ein, wenn der Schlaf knapp, das Leben übermütig oder der Vorgesetzte doof ist. Büroangestellte, besonders, wenn sie beruflich »irgendwas mit Medien« machen, sind äußerst kreativ darin, neue Leiden zu finden oder alte Gebrechen originell umzudeuten. Die modernen Informationstechnologien haben das Ihre dazu beigetragen, die Vielfalt der Krankheitsbilder zu erweitern.

Für jene, die kaum Tageslicht kennen, weil sie ihr Leben im fahlen Schein der Monitore verbringen und ihre Ernährung mit Hilfe von Pizzabringdiensten sichern, gibt es seit wenigen Jahren die Diagnose Mousepad-Finger. Holländischen Medizinern ist das Syndrom zuerst bei einem blassen Bildschirmbeschäftigten aufgefallen, der Ekzeme am Daumen und kleinen Finger der rechten Hand entwickelte. Schnell lösten diese Diagnose und der Computerellbogen (nicht zu verwechseln mit dem Tennisellbogen) die Sehnenscheidenentzündung in der Liste der beliebtesten Büroleiden ab. Die Sehnenscheidenentzündung wird seitdem nur noch von verdienten Fachkräften bemüht, die das Zehnfingersystem beherrschen und auch stenographieren können. Das Karpaltunnelsyndrom, eine lästig-schmerzhafte Blockade im Bereich der Handwurzelknochen, hat seine Mittelposition unter den Tastaturbeschäftigten behalten.

Neulich kam ein Kollege und nahm angsterfüllt auf meinem gelben Sofa Platz. Er war in Panik, wollte gar den Notarzt rufen. Vor seinen Augen bewegte sich alles, sagte er, aber nur links, außen, unten. Er dachte an ein unheilbares Augenleiden oder einen Hirntumor, mindestens. Sein Gesichtsfeld war im Bereich zwischen fünf und neun Uhr ausgeschaltet und zeigte nur noch Bildstörung. Es flimmerte und flackerte, mal in Wellenlinien, mal im Zickzack. Er war in einer Kunstausstellung gewesen.

Hier könnte Ablenkung sinnvoll sein, denn derartige Beschwerden sind fast immer harmlos – vielleicht half Rauschen statt Flimmern? Schließlich waren einer Presseerklärung »sensationelle Ergebnisse« von den Krimmler Wasserfällen zu entnehmen. Der Kollege ließ sich aber auch so beruhigen, denn ein Flimmerskotom, wie der teilweise Gesichtsfeldausfall mit Flackern medizinisch heißt, tritt gelegentlich vor Migräne oder nach großen Anstrengungen auf. Visuell begabte Männer kennen die untersinnliche Erfahrung auch nach sexuellen Abenteuern. Die Redewendung »Liebe macht blind« hat hier ihren Ursprung. Die Synapsen im Gehirn brauchen nach derartigen Neuronengewittern eine Weile, bis die Bildverarbeitung wieder störungsfrei läuft.

Der Kollege verstand statt Flimmerskotom zunächst Flimmerskrotum, redete von frühkindlichen Pendelhoden und begann, sein Liebesleben zu überdenken. Bevor er vollends auf das Thema Herzflimmern überleitete, konnte sich der Kollege dann aber wieder auf sein Auge konzentrieren. »Es ist weg«, rief er plötzlich, vom Flimmern befreit. Trotz anderer Erklärungen führte er den trüben Blick stur auf seine aufopferungsvolle Arbeit am Computer zurück und beschloss, beruflich kürzerzutreten.

Die aus arbeitsmedizinischer Sicht ziemlich uninspirierte Deutung seines Leidens wurde kurz darauf von einer neuen Kollegin weit übertroffen. Sie hatte den Verdacht, an einer generalisierten Heiterkeitsstörung zu leiden, weil sie auch dann fröhlich blieb, wenn die Lage ernst war. Seit sie den Begriff »pathologisches Lachen« gelesen hatte, ginge er ihr nicht mehr aus dem Sinn. Ihr Ressortleiter hatte kein Verständnis – »so was gibt es hier nicht« – und war überzeugt, dass ihr das Lachen schon noch vergehen würde. In einem ersten Therapieversuch wurde sie neben einen schmallippigen Kollegen gesetzt, der seinen Mund nur bewegte, um bösartige Kommentare abzufeuern.

HASENWÜRDE UND HEXENSCHUSS

Es geht um Menschenwürde, Hasenwürde und Rückenschmerzen, denn schließlich hängt das alles miteinander zusammen. Ist der Hase gesund, freut sich der Mensch. Ist der Mensch gesund, hat zumindest der Haushase einen Überlebensvorteil, weil er dann von seinem Herrchen oder Frauchen versorgt werden kann, auch wenn das der Hasenwürde manchmal schwere Belastungen zuzufügen vermag, wie später gezeigt wird.

Zunächst zum Rücken, dem vielleicht stolzesten Körperteil des Menschen, der sich schnell in seiner Würde angegriffen fühlt. Neulich rief jedenfalls der Kollege von zu Hause aus an und wollte einen virtuellen Sprechstundentermin auf meinem gelben Sofa. Er kann nicht sitzen, sagt er, er kann nicht gehen, nicht stehen und auch nicht liegen. Als Wissenschaftsredakteur möchte man natürlich wissen, ob die Schwerelosigkeit im All und ein dickes Abc-Pflaster seine Beschwerden lindern würden. Im Orbit werden angeblich permanent medizinische Experimente gemacht, das wäre endlich mal ein volksnaher Versuch von Nasa, Esa oder Tesa (oder wer immer Abc-Pflaster herstellt) und womöglich eine – wenn auch teure – Therapieoption gegen das lästige Volksleiden Rückenschmerzen.

Der Kollege will aber nicht in die Erdumlaufbahn geschossen werden, er denkt eher an sein fragiles mentales Gleichgewicht. Vor Jahren, da habe er diese heftigen Rückenschmerzen gehabt, und es ging ihm persönlich gar nicht gut, erläutert er seine Seelenlage. »Jetzt ist psychisch aber alles stabil, und trotzdem habe ich diesen furchtbaren Hexenschuss«, sagt er fast anklagend. Als treuer Anhänger der psychosomatischen Lehre kann er es kaum glauben, dass ihm das Kreuz weh tut, obwohl die Seele nicht knirscht.

Ein anderer Kollege zuckte jäh zusammen, als er die Geschichte mitbekam. Er war gerade sehr empfindlich in Leidensdingen, denn in seinem familiären Umfeld wäre es fast zur Sterbehilfe gekommen – allerdings bei Hasen, wobei allen Beteiligten unklar blieb, ob die in Deutschland verboten ist und in den Niederlanden erlaubt. Die pubertierende Tochter des Kollegen sollte jedenfalls auf die beiden Tiere im Gartenfreigehege aufpassen, hatte aber gemeinsam mit ihrem Freund den Impuls, den Hasen lieber die Freiheit zu schenken, statt sie in ihrem Maschendrahtgefängnis von einem knurrenden und ständig die Zähne fletschenden Hund umkreisen zu lassen. Sie nahmen die Hasen und setzten sie am Waldesrand aus – was junge Leute halt so machen, wenn sie von der großen Freiheit träumen.

Die Familie war entsetzt, als sie wieder nach Hause kam. Der kleine Bruder weinte – was kleine Brüder halt so machen, wenn sie von großen Schwestern gepeinigt werden. Die sofort eingeleitete Großfahndung war jedoch erfolgreich. Das Hasenpaar wurde vier Stunden später zitternd an derselben Stelle am Waldrand gefunden, an der die Jugendlichen die Tiere ausgesetzt hatten. Die Tiere hatten sich nicht fortbewegt, was sie wohl unter ihrer Haushasenwürde empfunden hätten. Unklar blieb, ob das, was die Adoleszenten hier als Freiheit verstanden hatten, in Hasenkreisen eher als assistierter Suizid, als aktive oder als passive Sterbehilfe aufgefasst worden wäre. In der Familie wurde noch lange über die unteilbare Hasenwürde diskutiert, ohne allerdings das Aufenthaltsbestimmungsrecht der Tiere im heimischen Garten anzutasten.

Der Kollege mit den Rückenschmerzen war immer noch lendenlahm und zu allem bereit. Konkret: Er wollte sich jetzt doch eine Spritze geben lassen, Psyche hin, Psyche her. Wieder genesen, erklärte er im kleinen Kreise bei gebratenem Hasenrücken an Spätzle Rückenschmerzen zu einem perfiden Angriff auf die Menschenwürde. Schließlich würde kein akutes Leiden den Menschen und seinen aufrechten Gang so entwürdigen wie ein Hexenschuss.

DAS JUCKEN DER SPÄTEN JAHRE

Lehrer sind die Bergarbeiter unserer Zeit. Nach wenigen Jahren vor der Tafel sind sie am Ende. Kaum einer von ihnen kann den Beruf länger als über das 40. Lebensjahr hinaus gesund ausüben. Danach ist es nur noch ein Kampf gegen die Schüler und das Leiden. Was unter Tage im Revier Staublunge und Schlagwetter anrichten, schaffen im Klassenzimmer Tinnitus, Burn-out, unklare Allergien und der Nervenzusammenbruch. Für Mediziner ist Lehrer sowieso längst keine Berufsbezeichnung mehr, sondern eine Diagnose. Das ist natürlich ein dümmliches Vorurteil, allerdings eines aus jener Kategorie, das mit jedem Tag Lebenserfahrung plausibler wird.

Kürzlich war ich zum 40. Geburtstag einer Lehrerin eingeladen. Sie ist eigentlich ganz nett, aber ihre Gästeschar war kurios. Die anderen Damen waren ebenfalls fast alle Lehrerinnen, ebenfalls fast alle um die 40, und zumeist konnte man anhand ihrer psychischen Auffälligkeiten nicht auf Anhieb erkennen, ob sie spätgebärend oder frühverrentet oder beides zugleich waren. Obwohl auch einige Männer anwesend waren, ging es ständig um juckende Stellen, fruchtbare Tage und den fraglichen Beginn der Wechseljahre. Ich kam mir vor, als sei ich in eine Aufzeichnung der deutschen Variante von »Desperate Housewives« oder »Sex and the City« geraten. Immer wieder ging es um irgendeinen Juckreiz.

Wenige Wochen später waren wir zu Gast bei Psychos. Es war ein netter Abend, heiter und abwechslungsreich. Dass sie ähnlich einseitig wie Männer seien, wird Psychologen, Psychiatern und

Psychosomatikern ja gerne unterstellt. Angeblich denkt der normale Dipl.-Psych. immer nur an das eine. Das ist jedoch ein Vorurteil, denn der Feldversuch fiel ganz anders aus. Der Abend verlief zunächst unauffällig, es gab Spezereien vom lokalen Feinkosthändler, man verhandelte die neuesten Darbietungen in Kunst, Theater und Literatur. Die ganze Menüfolge lang fiel kein Wort, das man nur annähernd als zweifelhafte Anspielung hätte missverstehen können. Keine Spur davon, dass es bei Psychos immer nur um Sex ging oder um die Frage, ob man als Sohn in seine Mutter verliebt war, in den Goldhamster oder gar in den eigenen Vater.

Dann, zum Schluss, erfüllte der Gastgeber doch noch unsere längst eingeschlummerten Erwartungen. Er hatte schon eine Menge getrunken, da muss es Herrn Psycho wohl gejuckt haben. Natürlich kulturell geadelt. Er kam nochmals auf das Theater zu sprechen, diesmal auf den ruhmreichen Regisseur Peter Stein. Der habe wohl medizinische Probleme ganz besonderer Art. Herr Psycho hatte kürzlich einen aufschlussreichen Text gelesen, berichtete er: »Kennt ihr diese Glosse über die juckende Vorhaut von Peter Stein?« Herr Psycho holte den Text aus seinem Archiv und zitierte genüsslich die Stellen, an denen den Regisseur offenbar das Präputium, wie die Vorhaut auf Medizinisch heißt, irritiert hatte. Offenbar juckte es den Regisseur öfter dort, denn in den vergangenen Jahren hatte er in diversen Interviews immer wieder von dieser seltenen, aber lästigen Hautreizung gesprochen.

Der Abend war schön, hatte aber die Erkenntnis vertieft, dass jede Berufsgruppe ihre eigenen Leiden hat. Arbeitsmediziner sollten sich darauf einstellen. Am nächsten Tag kam es zu Wartezeiten vor dem gelben Sofa. Ein Kollege entblößte seinen Oberkörper und zeigte eine juckende Pigmentveränderung. Einer sehr netten Kollegin machte ein – angeblich juckender – bläulicher Fleck nahe der Wirbelsäule Sorgen. Ein anderer Kollege hatte eine Beule, die juckte. Allen dreien juckte es jedenfalls am Rücken.

Das Berufsleben scheint ein einziger Juckreiz zu sein – lästig – und wird schlimmer, wenn man kratzt. Ärzte sollten endlich die Frage klären, warum es Lehrerinnen, Psychos, Regisseure und Journalisten an verschiedenen Stellen juckt.

JONGLIEREN IN DER LEERE

Wenn im Sommer der Nordwind röhrt und der Gewitterregen an den Windschutzscheiben tanzt, ist die hohe Zeit des Zweifelns angebrochen. Der notorisch lebensgrüblerische Kollege wirkt dann noch verletzlicher als sonst. Er sieht derzeit so aus, als ob ihn die Welt schon lange nicht mehr in den Arm genommen hätte. Manchmal würden ein paar klare Antworten die labile Stimmung aufhellen. Antworten auf Fragen wie: Warum reißt der Joghurtdeckel? Was macht der Freibadbademeister im Winter? Wieso schreit hier keiner? Oder auch: Warum nur?

Gerade die letzte Frage stellt sich immer wieder neu. Wenn bestimmte Kurzzeitgäste das gelbe Sofa wieder verlassen haben, ist plötzlich alles so wüst und leer. Kürzlich war eine von ihren Anlagen her vernunftbegabte Kollegin da, die erzählte von Erlebnissen bei einem Allergietest. Der Heiler, dem sie sich anvertraut hatte, vermutete, dass sie keinen Zucker vertrage und deswegen immer so übermüdet sei. Um seine Hypothese zu überprüfen, gab er ihr ein Röhrchen mit Zucker, das sie in der ausgestreckten rechten Hand halten sollte. Er drückte von oben auf ihren Arm und nickte zufrieden. Dann ließ er sie den Arm ohne das Zuckerrohr ausstrecken und drückte wieder. Sein Nicken wurde nun fast so heftig wie bei einem neurologischen Tick, denn für ihn war der Beweis erbracht, dass sie gegen Zucker allergisch ist. Schließlich hatte er viel stärker auf ihren Arm drücken müssen, als sie kein Zuckerstückchen hochhalten durfte.

Die Wissenschaft bietet wie so oft Trost in schweren Stunden. Man muss sich dann nur an die Neurologen aus Südfrankreich erinnern, die von einem Mann berichtet haben, der mit nur zehn

Prozent der üblichen Gehirnmasse ein relativ normales Leben führen konnte. Seine verbliebenen Hirnzellen hatten sich um einen großen Leerraum angeordnet und arbeiteten offenbar extrem effizient. Der Mann ist verheiratet, hat zwei Kinder und ist Beamter. Er hat einen nicht besonders hohen IQ im zweistelligen Bereich, den auch manche Menschen nicht überschreiten, die deutlich mehr Gehirnmasse aufzuweisen haben, aber nicht mal verbeamtet sind, zudem kinderlos und berufsallergisch.

Man fragt sich gelegentlich, was manche Menschen so im Kopf haben. Gerade war ein Kollege da, von dem bekannt ist, dass er sich regelmäßig nadeln lässt. Wahrscheinlich gurgelt er auch mit frischem Morgenurin. Momentan macht er gerade eine Blutgruppendiät. Auf das gelbe Sofa gekommen war er allerdings, um die Handflächendiagnostik anzupreisen. Er benahm sich wie ein Pharmareferent in Sachen Scharlatanologie. Alle Gebrechen, Laster und Gefahren lassen sich erkennen, so seine Überzeugung, wenn man nur die Linien und Wülste zwischen Daumenballen und kleinem Finger richtig zu deuten weiß. Es dauerte eine Weile, und er benötigte viele Worte, bis ich ihm endlich die Hand zum Abschied reichen durfte.

Dabei hat die Wissenschaft gerade festgestellt, dass auch die Gehirne älterer Menschen noch wachsen können. Die Hoffnung und die Hirnzellen sterben zuletzt. Mit älter meinen die Forscher Menschen jenseits der 60. Dieselben Wissenschaftler hatten bereits vor einigen Monaten festgestellt, dass das menschliche Gehirn auch nach Abschluss des Reifungsprozesses noch zulegt. Den Reifungsprozess hielten die Forscher tatsächlich schon im Alter von 20 Jahren für abgeschlossen, diese Narren.

Menschen von Anfang 20 hatten sie aufgefordert, jonglieren zu lernen – daraufhin wuchsen in der Einöde neue Neuronen. Die 60-Jährigen lernten ebenfalls zu jonglieren.

Dabei sollte man gerade im Alter nicht anfangen, sich zum Affen zu machen, auch nicht, wenn sich dabei ein paar Zellhaufen um die große Leere bilden.

LEIDEN IN DEN FERIEN

Mit den Jahreszeiten wechseln auch die Krankheiten. Es gibt eine saisonale Fluktuation der Befindlichkeitsstörungen. Stärker noch als Wind und Wetter scheint aber der Ferienkalender das Leid im Lande zu bestimmen. Nach dem letzten Tag im Kindergarten und den Abschlusszeugnissen in der Schule belasten die Kinder plötzlich mit voller Wucht das fragile Familienglück. Dem dauerhaften Anblick und Lärm ihrer Kinder sind viele Eltern nicht gewachsen. Etliche reagieren zunächst mit eigenen psychosomatischen Beschwerden, um dann ihre Kinder als therapiebedürftig zu erklären. Beides sind ebenso jämmerliche wie untaugliche Versuche, um den heimischen Lautstärkepegel zu senken.

Auffällig ist jedenfalls, wie viele Kollegen schon in den Tagen vor dem tatsächlichen Ferienbeginn nervös werden und auf dem gelben Sofa vom Leiden ihrer Kinder und mit ihren Kindern berichten. Die Symptome des Nachwuchses sind vielfältig. Der eine stößt sich an der Rutsche im Schwimmbad, wird bewusstlos und treibt nach ohnmächtiger Abwärtsfahrt reglos im Becken herum, bis er herausgefischt und versorgt werden kann. Die nächste fällt ohne erkennbaren Anlass von der Schaukel und schlägt sich das Gesicht blau. Der Dritte bricht sich auf dem Bolzplatz den Arm. Das ist alles kein Zufall. Kinder merken, wenn die Eltern überspannt sind. Manche sind dann anfälliger und ziehen unbewusst das Leid auf sich.

Erste Abhilfe bieten Ferienkurse oder betreuter Club-Urlaub für die Kinder. Manche Eltern sind so verzweifelt, dass sie Entschleunigungsseminare buchen oder vorgeben, dass ihr Arbeitgeber eine Urlaubssperre verhängt hat. Andere erinnern sich wehmütig an die heute schlecht beleumundeten Erfindungen von Daniel Gottlob Moritz Schreber. Der emsige Orthopäde aus Leipzig hat im 19. Jahrhundert verschiedene Geräte entwickelt, um Kinder ruhigzustellen. Legendär sein »Kopfhalter« sowie der »Geradhalter« für gemeinsame Mahlzeiten. Auch das »Kinnband« und der »Schulterriemen« sollten helfen, Heranwachsende in die richtige Position zu bringen und sie nachts sittsam verharren zu lassen. Schreber hat den Begriff Orthopädie zu wörtlich verstanden – er bedeutet Lehre vom geraden Kind oder von der aufrechten Erziehung.

Schreber experimentierte bei der aufsässigen Jugend auch mit kalten Einläufen und Güssen, zudem empfahl er regelmäßige Turnübungen und Gartenarbeit, weshalb postum die Kleingärten nach ihm benannt wurden. Seine Methoden sind auch deswegen in Verruf geraten, weil sein jüngster Sohn Daniel Paul zwar Jura studierte und es bis zum Senatspräsidenten am Oberlandesgericht Dresden schaffte. Er wurde jedoch wenig später in eine Nervenanstalt eingewiesen und diente Sigmund Freud als Fallstudie für seine Abhandlungen über die Paranoia. Spätestens seit dem Fall Schreber gilt es als ungesund, wenn die Eltern Gesundheitsfanatiker sind – oder man sich zu intensiv auf die Juristerei einlässt.

Schrebers Dressurversuche an Kindern sind seit Jahrzehnten als schwarze Pädagogik verpönt. Aber ist diese Form der Abrichtung so verschieden von den pharmakologischen Dressurversuchen mancher Eltern und Ärzte? Kürzlich beklagten sich Eltern auf dem gelben Sofa darüber, dass ihre Tochter immer weinen würde – »die muss mal zum Arzt«. Viele Kinder bekommen Ritalin statt Pausenbrot, um endlich stillzusitzen, und Prozac & Co., um wieder munter zu werden. Der Verband der amerikanischen Kinderärzte empfiehlt sogar, schon Achtjährigen Cholesterinsenker zu verordnen, wenn sie zu dick sind. Der medizinische Wahnsinn hat lediglich seine Erscheinungsform geändert. Statt Haltegurten und Streckapparaten gibt es heute Ruhigsteller und Muntermacher. Chemie statt Physik. Erst recht in den Ferien.

DAS NEBENHÖHLEN-ORAKEL

Der Mensch ist ziemlich chronisch veranlagt. Chronisch schlecht gelaunt, chronisch laut, leider oft auch chronisch nervtötend. Sogar im Leiden ist die Tendenz festzustellen, dass sich viele Patienten auf bestimmte Beschwerden konzentrieren und nichts anderes ausprobieren wollen. Das gilt nicht nur für den Kollegen mit dem Räusperreiz. Die Macht des Rituals ist offenbar stärker als die Versuchung des Neuen. Wer sich einmal mit Sodbrennen, Seitenstrangangina oder einem steifen Nacken eingerichtet hat, bleibt zumeist dabei und kommt in Krisenzeiten immer wieder auf bewährte Symptome zurück.

Im vertrauten Austausch über die aktuellen Zipperlein heißt es dann: »Meine Schwachstellen sind die Zähne« oder »Ich merke es immer zuerst am Sprunggelenk, wenn es mir nicht gutgeht«. Statt die Fachzeitschriften bei Frisör und Fußpfleger mit Horoskopen zu verunstalten, sollten dort Vorhersagen für jeden Körpertyp abgegeben werden. Das »Nebenhöhlenorakel« beispielsweise oder »Die kleine Leberschau«. Man kann das für die Kügelchenklientel esoterisch aufhübschen mit Astrologenkauderwelsch. Zu lesen wäre dann etwa vom Körperzeichen Lendenwirbelsäule mit dem Aszendenten Gallenblase, für den die Partnerwahl in den nächsten Tagen vielversprechende Aussichten bietet. Besonders dann, wenn sich ein Treffen mit einem Migräne-Typ ergibt.

Der liebe Kollege ist vom Körperzeichen eher Knie. Er hat sogar chronisch Knie. Der Mann ist ein einziger Druckschmerz.

Er treibt so ausdauernd Sport, dass man sich als passiver Beobachter manchmal fragt, ob man überhaupt so viel Stress mit der Frau haben kann, wie er wegzulaufen und wegzuradeln versucht. Nun sitzt er auf meinem gelben Sofa und leidet. Vergangenes Jahr hat er sich die Inneneinrichtung seines rechten Knies glatt schmirgeln und blank polieren lassen. Jetzt tut das linke weh und will ebenfalls behandelt werden. Knie haben eben auch ein Gespür dafür, wenn sie benachteiligt werden. Die Gleichberechtigung ist noch längst nicht überall angekommen.

Ein anderer Kollege ist untenrum fixiert. Er hat chronisch Kinder. Kürzlich kam er ins Zimmer und setzte sich auf mein gelbes Sofa. Seit Jahren überlegt er schon, ob er sich sterilisieren lassen soll. Er will ja, allerdings ist er auch ein chronischer Bedenkenträger. Jedes Mal, wenn er fast davon überzeugt war, sich die Samenleiter durchtrennen zu lassen, berichtete er von einer erneuten Schwangerschaft seiner Frau. Andere Männer hätte die – gefühlte – 17. Niederkunft der Partnerin womöglich schneller zum endgültigen Schnitt bewogen. Bei ihm ist das Gegenteil der Fall. Er bekommt diesen versonnenen Blick, wie ihn sonst nur Frauen haben, deren Eisprung seit zwölf Wochen ausgeblieben ist. Dann schwärmt er davon, wie süß Kinder sind. Außerdem sei ihm der kleine Schnitt im Hodensack mit 500 Euro viel zu teuer. Es ist eine Frage von Wochen, bis er von der nächsten Schwangerschaft seiner Frau Kunde geben wird.

Eine andere Kollegin ist eher so der Ganzkörpertyp. Ein schwieriger Fall, chronisch. Sie ist überempfindlich gegen alles und jeden. Vor ein paar Jahren hatte sie noch Pilze im Darm – das ist der Beschwerdeklassiker unter den Besserverstehenden. Dann war sie eine Weile gegen Lacke, Farben und Teppichkleber allergisch, sie hat es auch mal mit Tonerstaub probiert. Nachdem es aber zu wenige Ärzte gab, die ihre Selbstdiagnose »Multiple Chemikalienunverträglichkeit« unfallfrei aussprechen konnten, versuchte sie es mit einer Laktoseintoleranz. Seitdem ist sie in jedem Restaurant beliebt, weil sie die Speisekarte in ihre Einzelteile zerlegt und die Kellner mit Fragen für fortgeschrittene Molekularbiologen auf Trab hält. In ihrem Nebenhöhlenorakel sollte stehen: Versuchen Sie, sich ganzheitlich zu sehen.

DAS GLÜCK DER UROLOGEN

Danke für jeden guten Morgen«, singt der Kirchentagsfreund gerne und sammelt sich besonnen zur Introspektion. In der dritten Strophe dieses Gassenhauers für Gutmenschen taucht dann die Zeile auf: »Danke für meine Arbeitsstelle«. Eine Zeile, die nicht selbstverständlich ausgesprochen wird in diesen Tagen und ebenfalls zur Kontemplation Anlass geben kann. In dem mittlerweile in 25 Sprachen übersetzten Danke-Lied des Kirchenmusikers Martin Gotthard Schneider hat bisher allerdings eine Strophe gefehlt. Sie müsste in etwa lauten: »Danke für unsere Wissenschaftler«.

Woher sonst käme Hoffnung in den gelben Stunden zwischen Wahnsinn und Wachen? Und zwar Hoffnung für Kranke wie Gesunde? Lange Zeit wurde diese Wohltat kaum beachtet. Jetzt darf nicht länger verschwiegen werden, dass es ein Fachmagazin gegen Unglück und Trübsal gibt. Das *Journal of Happiness Studies* trägt die frohe Kunde schon im Namen. Sein Untertitel *Interdisciplinary Forum on Subjective Well-Being* ist eine einzige Wohlfühlphantasie. Man muss sich diese Zeitschrift und ihre Macher als einen Hort der Wohlgemuten vorstellen. Worum kann es in der Medizin sonst gehen als um subjektives Wohlbefinden und Lebenslust? Wie glücklich kann sich eine Gesellschaft schätzen, dass es noch Ärzte und Wissenschaftler gibt, die sich solche volksnahen Forschungsgebiete aussuchen.

Themen der Zeitschrift sind Lebensqualität und Zufriedenheit, Freude an und mit sich und natürlich die Stimmungslage. Wer einen Beitrag an das Magazin schicken will, sollte sich aber nicht von dem umfassenden Glücksanspruch der Zeitschrift abschrecken lassen. Man muss nicht immer nur das Glück als Gesamtglück ins Auge fassen, schreiben die Herausgeber. Ausdrücklich sind auch Beiträge erwünscht, die sich mit bescheideneren Randbereichen des Glücks zufriedengeben, etwa dem Teilzeitglück bei der Arbeit, in der Beziehung, in der Freizeit. »Danke für meine Tischtennisplatte«, wäre auch eine schöne Kasuistik. In der jüngsten Ausgabe ging es um das Glück in deutschen Städten mit sinkender Einwohnerzahl (das Glück sinkt hier nicht) sowie um den Einfluss von Volksabstimmungen auf das Glück in der Schweiz (haben keinen Einfluss).

Zu wenig von der Forschung untersucht wurde bisher allerdings das Glück des Patienten beim Arzt (es steigt nicht). In jüngster Zeit gibt es nämlich einige Kollegen, die sich auf dem gelben Sofa bitterlich darüber beklagen, dass sie beim Arzt fachlich angemessen, aber menschlich roh behandelt werden. Besonders häufig beschweren sie sich über die Organ-Peep-Show, zu der sie gezwungen werden. Kürzlich berichtete ein junger Kollege davon, dass er von der Sprechstundenhilfe in eine Kabine geleitet wurde und seine malade Schulter schon mal frei machen sollte. Als der Arzt 20 Minuten später hinzukam, begrüßte er zuerst die Schulter, dann den Patienten.

Schlimmer noch erging es einem älteren Bekannten, der sich beim Urologen untenrum frei machen und halbnackt auf der Liege ausharren musste, bis der Arzt kam. Der Mediziner schaute zunächst auf die Region unterhalb der Gürtellinie, bevor er Blickkontakt mit dem Patienten aufnahm. Demnächst wird es wohl Drehscheiben geben, auf denen Ärzten die schmerzenden Körperteile ihrer Klientel in Augenhöhe dargeboten werden. Kfz-Mechaniker arbeiten ja auch mit Hebebühnen.

Höchste Zeit, dass im *Journal of Happiness Studies* das Glück der Urologen untersucht wird. Vielleicht sollte man zwei Gruppen bilden – jene, die Patienten zuerst von vorn, und jene, die sie von hinten oder unten begrüßen. Den Refrain zur Arbeitszufriedenheit der Urologen gibt es schon im Original-Danke-Lied: »Danke für manche Traurigkeiten. / Danke für jedes gute Wort. / Danke, dass Deine Hand mich leiten / will an jeden Ort.«

KÖRPER IN BEZIEHUNGSKRISEN

Das Sommerloch ist die hohe Zeit der körperlichen Beschwerden. Wer den Rest des Jahres seine Aufmerksamkeit auf jede Regung des Weltgeschehens, auf Aktienkurse oder wenigstens die Bürointrigen lenkt, wird jäh auf sich selbst zurückgeworfen, wenn Urlaub droht und sogar die Nachrichten Ferien machen. Sensible Zeitgenossen beschäftigen sich dann vermehrt mit dem eigenen Körper und entdecken allerlei originelle Symptome an sich. So war Selbstfindung zwar nicht gemeint, doch von der Marktbeobachtung bis zur Nabelschau ist es oft nur ein kleiner Schritt.

Da ist etwa dieser komische Kauz, der schon immer etwas seltsam gewesen ist. Einzelgängerisch und selbstverliebt. Jetzt ist er verstört. Er setzt sich auf mein gelbes Sofa, um von Entfremdungserlebnissen zu berichten. Es ist keine Nahtoderfahrung, um die es ihm geht, sondern eher eine chronische Beziehungskrise. Nein, nicht mit seiner Frau, sondern mit sich selbst trägt er die gerade aus. Er hat das Gefühl, dass sein Körper nicht mehr vollständig zu ihm gehört. Mit der Milz habe es angefangen, die hatte plötzlich so einen Linksdrall. Er sei sich einfach mit der Zeit abhanden gekommen, so sein Verdacht. Seine Frau hat kein Verständnis dafür und zieht ihn mit seinen Beschwerden auf. Soso, für eine multiple Persönlichkeit hältst du dich, hat sie ihn grinsend gefragt. Woher er denn wisse, welcher Teil gerade dran sei? Außerdem will sie ihm Peter Maffays »So bist Du, Du, nur Du« schenken, mit den unsterblichen Zeilen: »Und wenn ich geh, dann geht nur ein Teil von mir.« Er braucht dringend Hilfe.

Ebenso irritierend sind die Beschwerden des Kollegen, der sich nie entscheiden kann, welches Knie ihm mehr Probleme bereitet. Verschiedene Ärzte hat er konsultiert. Wochenlang jammert er schon, dass sein linkes Knie auch bald eine Generalüberholung braucht. Vorher ist er noch zu einer Alpenüberquerung mit dem Fahrrad aufgebrochen. 1200 Höhenmeter will er in sechs Tagen bewältigen. An den steilen Anstiegen wird er genügend Zeit haben, um seine Beine zu betrachten. Und in Ruhe abzuwägen, welches seiner Knie mehr Mitleid und Fürsorge benötigt.

Für Daheimgebliebene bietet sich die Methode der Kollegin an, die mehrmals täglich ihren Blutdruck misst. Der ist nämlich zu niedrig, klagt sie. Während niedriger Blutdruck in anderen Ländern mit geringeren Beiträgen zur Krankenversicherung belohnt wird, gilt er in Deutschland als Krankheit. Sie starrt jedenfalls täglich mehrmals auf das Messgerät und notiert akribisch ihre Werte. Gestern hatte sie nur 100 zu 60. Weil der Blutdruck so niedrig ist, ist sie so schlapp, sagt sie. Deswegen bewegt sie sich nicht. Dadurch ist ihr Blutdruck aber so niedrig, und das macht sie natürlich schlapp. Manchmal geht sie zum Arzt, um ihm ihr Leid zu klagen. Dann ist der Blutdruck wieder etwas höher.

Wahrscheinlich liegt es an dieser intensiven Beschäftigung der Deutschen mit sich selbst, dass sie im Durchschnitt 16-mal im Jahr zum Arzt gehen. Die Norweger suchen hingegen nur dreimal jährlich den Doktor auf. Wobei der zur Innensicht fähige Deutsche ja nicht nur zum Arzt geht, sondern auch zu Kügelchendrehern, Heilpraktikern und anderen Handauflegern. Kürzlich kam eine politisch interessierte Kollegin auf mein gelbes Sofa, die in großer Sorge war. Sie hatte sich seit Jahren einem langhaarigen, rauschebärtigen Heiler anvertraut. Er hatte sie angeblich entgiftet, von Amalgam befreit und unempfänglich für elektronische Störsender gemacht. Jetzt wollte sie das behutsam gewachsene Vertrauensverhältnis zu ihm nicht gefährden. Doch bohrend stellte sie sich eine Frage: Wie konnte sie sicher sein, dass ihr Medizinmann nicht eine multiple Persönlichkeit war und schon bald als ehemaliger Milizenführer enttarnt würde?

TAUBENEIER UND SAARLÄNDER

Manche Menschen können nicht krank sein, ohne ihre Beschwerden in große Zusammenhänge zu stellen. Sie brauchen nicht Gesellschaft, aber doch Leidensbrüder und -schwestern im Geiste. Wer sich für empfindsam, intellektuell oder gar beides hält, ist oftmals der Heilung schon einen großen Schritt näher gekommen, wenn er seine Zipperlein kulturell, politisch oder naturgeschichtlich geadelt sieht. Wie viel besser fühlt sich etwa ein Sodbrennen an, wenn man weiß, dass der ebenso grantige wie abstrakte Künstler auch ständig daran litt. Und der verdorbene Magen des Literaturfreundes beruhigt sich erheblich schneller, wenn er in Briefen aus dem Nachlass die Mitteilung findet: »Hier kotzte Goethe.«

Andere Leidenskünstler wollen sich wenigstens evolutionsgeschichtlich verortet sehen, wenn die Bronchien kratzen oder der Darm drückt. Kürzlich kam ein Kollege auf mein gelbes Sofa, der angeblich im Zug gesessen hatte und über einen steifen Nacken klagte. Als er hörte, dass der Dornfortsatz des siebten Halswirbels beim amerikanischen Bison bis zu 90 Zentimeter lang werden kann, weil der mächtige Kopf daran aufgehängt ist, ging es ihm schon bedeutend besser, und er setzte sich gleich aufrechter hin. Er begann gar über die Trinkgewohnheiten der Giraffe zu dozieren, die über genauso wenig Halswirbel verfügt wie der Mensch. Darüber hatte er seine Beschwerden schon fast wieder vergessen.

Schwieriger gestaltete sich der Fall des Synonymexperten. Er war ständig auf der Suche nach Wörtern mit gleicher oder ähnlicher Bedeutung. Neuerdings litt er unter unklarem Ganzkörperschmerz. Zudem machte es ihm zu schaffen, dass manche Dinge auf der Welt nur als Vergleichsgröße ihre Existenzberechtigung erhielten. Wann ist je von Taubeneiern die Rede – außer im Fall angeberisch großer Hagelkörner? Ein ähnliches Schicksal wie das Taubenei hat das Saarland zu erdulden. Früher war es von gewissem Interesse als Heimat großer Staatsmänner. Jetzt wird außerhalb des Saarlandes über das Saarland nur in Sätzen gesprochen wie »Südossetien ist etwa eineinhalbmal so groß wie das Saarland«. Den Kollegen betrübte die Degradierung von Taubeneiern und Saarland sehr. Keiner betrachtete diese biologischen bzw. landespolitischen Randerscheinungen mehr um ihrer selbst willen.

In der Medizin ist es der Klaviersaite und dem Daumenballen ähnlich ergangen. Verkannt, vergessen und zum Vergleichsobjekt herabgewürdigt. Obwohl es viele musikalische Mediziner und Ärzteorchester gibt, erwähnen Doctores die Klaviersaite beispielsweise nur dann, wenn sie die Konsistenz des Samenstrangs beschreiben wollen – und zwar als klaviersaitenhart. Über den etwa taubeneigroßen Daumenballen wird, obwohl er selbst so etwas wie ein eigener kleiner Körperteil ist, fast nur gesprochen, um die Beschaffenheit der Prostata zu erklären. Die Prostata muss man sich als das Saarland unter den Organen vorstellen – und prall-elastisch wie einen Daumenballen eben.

Kürzlich kam eine Kollegin auf mein gelbes Sofa, die mit dem Gedanken an eine Schwangerschaft schwanger ging. Noch war ihr Bauchansatz auf zu große Portionen und nicht auf andere Umstände zurückzuführen, aber sie wusste schon genau, wie sie niederkommen wollte. Sie hatte an eine Wassergeburt gedacht. Hier war der Hinweis auf größere Zusammenhänge endlich angebracht, um zu verhindern, dass eine Schwangere ins Wasser geht: »Eine Kuh geht zum Kalben ja auch nicht in den Teich«, hatte ein gynäkologischer Chefarzt immer wieder gesagt, wenn sich Schwangere nass machen wollten. Als letzte Warnung könnte es vielleicht hilfreich sein, die evolutionsgeschichtliche Tendenz unseres Daseins auf Erden zu erwähnen: Die Menschheit hat Jahrmillionen gebraucht, um aus der Plörre herauszukommen – kein Grund, freiwillig da wieder hineinzugehen.

EIN DARM ZUM VERZWEIFELN

Er war nicht nur ein begnadeter Hypochonder, sondern auch ein Meister der Prokrastination. So nannte er das selbst, weil ihm der Begriff »aufschieben« viel zu schnöde für seine kunstvolle Technik erschien, alles bis zum letzten Moment hinauszuzögern oder sogar für die Ewigkeit auf die lange Bank zu schieben. Jetzt tänzelte er jedoch unruhig vor meinem gelben Sofa herum, schwitzte und murmelte ständig: Wohin nur, wohin? Dieses Mal duldete seine Angelegenheit offenbar keine Minute Aufschub.

Er wollte verreisen. Vielmehr hatte er das Gefühl, verreisen wollen zu sollen. Er konnte dem sozialen Druck nicht länger widerstehen. Er wollte nach dem Urlaub endlich einmal mitreden können, wenn es darum ging, das schönste Ferienerlebnis oder die waghalsigsten Abenteuer darzubieten. Mit dem Reisen war es aber so eine Sache. Einerseits hatte er es durch beharrliches Prokrastinieren immer wieder geschafft, keine Unterkunft mehr buchen zu können und dann doch zu Hause bleiben zu dürfen. Aufs Geratewohl loszufahren, kam für ihn nicht in Frage. Andererseits machte ihm seine Hypochondrie regelmäßig einen Strich durch etwaige Reisepläne.

Besonders fürchtete er sich vor einem Blinddarmdurchbruch in der Ferne. (Er wusste, dass es der Wurmfortsatz war, der sich lebensgefährlich entzünden konnte, sprach aber lieber vom Blinddarm, das verstanden einfach mehr Leute.) Oft hatte er schon an eine Reise mit der Transsibirischen Eisenbahn gedacht. Doch die Angst vor einer lückenhaften medizinischen Versorgung in der Taiga ließ ihn jedes Mal davor zurückschrecken, und er prokrastinierte lieber ein bisschen vor sich hin.

Zwar wusste er von heroischen Teilnehmern von Polarexpeditionen sowie von Schiffsreisenden, die sich mit Hilfe eines Spiegels selbst operiert hatten, als der rechte Unterbauch zu platzen drohte. Er aber wollte nicht in die Verlegenheit geraten, irgendwo zwischen Chabarowsk und Wladiwostok Hand an sich und seine noch intakte Bauchdecke legen zu müssen. Russland und lange Bahnfahrten kamen also nicht in Frage.

Auch die USA waren ein heikles Reiseziel. Seit der Kollege vom Schicksal George Washington Vanderbilts II. gehört hatte, zog es ihn nicht mehr in den weiten Westen. Der Nachkomme des Eisenbahnmagnaten hatte sich in Asheville, North Carolina, am Fuß der Blue Ridge Mountains, ein kuscheliges 250-Zimmer-Schlösschen im Stil der französischen Renaissance errichten lassen und war Weihnachten 1895 in sein Biltmore Estate eingezogen. Dem Mann war das Glück zunächst einigermaßen hold, immerhin hatte er 1912 mit seiner Frau bereits Karten für die Titanic gelöst, die Reise dann aber kurzfristig abgesagt, so dass er nur seinen Diener und sein Gepäck in den Fluten verlor. Dann wendete sich jedoch das Blatt. Nach einem Blinddarmdurchbruch konnte Vanderbilt im Frühjahr 1914 zwar noch ins Krankenhaus gebracht werden. Die Operation überlebte der 51-Jährige aber nicht.

Um lange Reisen und eine gefährlich geringe Arztdichte zu vermeiden, kamen für den Kollegen daher nur bodenständigere Ziele in Frage. Das Ausland sollte es sein, also wählte er den tschechischen Teil des Erzgebirges. Obwohl: Musste nicht Gregory Peck 1996 im erzgebirgnahen Karlsbad notfallmäßig ins Krankenhaus, weil sein Appendix sich entzündet hatte und die eitrige Brühe die Bauchhöhle zu fluten drohte? Nur knapp hatte der damals 80-jährige Schauspieler überlebt. Es war zum Verrücktwerden!

Der Kollege prokrastinierte verzweifelt, rang sich aber doch zu einer Wanderung im Erzgebirge durch. Er wollte kein Testament machen. Voller Pathos gab er den Daheimgebliebenen dennoch einen Letzten Willen für sein delikatestes Teil mit. »Begrabt meinen Blinddarm an der letzten Biegung des Flusses, falls mir etwas zustößt«, sagte er wehmütig.

LOTSEN DES FORTSCHRITTS

Sie war nicht wie die anderen. Sie wollte keine Extrabehandlung, sondern einfach zu einem Arzt. Die anderen Mitarbeiter gaben sich ja nur mit Chefärzten und international führenden Experten zufrieden. Wenn es beispielsweise den geschätzten Kollegen mal wieder im Knie zwickte, wollte er mindestens vom Arzt der alpinen Skiläufer behandelt werden. Oder von den Medizinern, die darauf aufpassten, dass den Gewichthebern nicht die Gelenke um und die Trommelfelle aus den Ohren flogen, wenn sie mal wieder ein paar Zentner stemmten. Ein Kollege ließ sich seinen Schnupfen grundsätzlich nur vom Chefarzt der universitären Hals-Nasen-Ohren-Klinik behandeln. Aber das war sein privater Rotz, da soll man sich nicht einmischen.

Kürzlich hatte eine Kollegin mein gelbes Sofa aufgesucht und einen Stapel Fachartikel dort abgelegt. Sie hatte nächtelang ihre diversen Beschwerden gegoogelt und wollte jetzt einen Arzt, der ihre Verdachtsdiagnose Karpaltunnelsyndrom endlich bestätigte. »Ich weiß es doch, er muss nur ja sagen«, sagte sie immer wieder. Sie wünschte sich aber nicht irgendeine Empfehlung, sondern einen Arzt, der ihre schmerzende Handwurzel »evidenzbasiert« behandelte. Sie hatte den Begriff in der Fachliteratur aufgeschnappt; er bedeutet, dass Ärzte ihre Diagnostik und Therapie nach den besten, wissenschaftlich gesicherten Erkenntnissen ausrichten.

Das wollen natürlich alle. Klappt aber nicht immer. Die Kollegin, die jetzt auf meinem gelben Sofa saß, suchte einfach nur schnelle Hilfe. Ihr war etwas flau im Kopf, etwas flau im Magen, manchmal auch etwas schwindelig. Vor wenigen Tagen sackte sie im Restaurant sogar kurz etwas weg. Im Sitzen war sie ohnmächtig geworden, einfach so. Gut, sie war ein zartes Gemüt und auch von ihrem Blutdruck wusste sie, dass er nur selten dreistellige Werte erreichte und meistens träge bei 90 zu 60 dümpelte. Das gemeine Gefühl, dass ihr jederzeit schwarz vor Augen werden könne, beunruhigte sie aber doch.

Ein klassischer Fall für den Hausarzt, aus individueller wie gesundheitspolitischer Sicht. Die Allgemeinmedizin soll schließlich gestärkt werden. Als Lotsen im Gesundheitswesen sollen die Hausärzte stärker als bisher entscheiden, ob ein Patient zum Facharzt muss, ins Krankenhaus oder vom Hausarzt weiterbetreut wird. Das verhindert unnötige Untersuchungen und spart nebenbei erhebliche Kosten. Sie freute sich, dass sie – gegen den Trend – zum einfachen Arzt auf der Straße ging, während ihre Kollegen sich ausschließlich von Ärztlichen Direktoren und Professoren behandeln ließen.

Nach dem Besuch bei der Ärztin saß sie allerdings weinend auf meinem gelben Sofa. Die Ärztin hatte zwar ehrlich zugegeben, dass sie erst vor drei Wochen ihre Praxis eröffnet hatte. Allerdings war unklar, was sie zuvor getrieben hatte, Abfahrts-Ski oder Gewichtheben. Sie fragte nichts, sagte wenig – und als sie das EKG abgeleitet hatte, konnte sie es nicht lesen.

Sie gab ihr Überweisungen für den Kardiologen und Neurologen mit und wollte sie verabschieden. Die Patientin erinnerte sie daran, doch noch den Blutdruck zu messen. Da fällt einem der Arzt im Comic ein, der auf die Patientenfrage »Was hab ich bloß« antwortet: »Woher soll ich das wissen?« Im Comic lässt der Doktor ein Röntgenbild anfertigen und blättert im Fachbuch. Als der Patient erfahren möchte, was auf seiner Aufnahme zu sehen ist, rätselt der Arzt: »Mmmh, was könnte das sein, vielleicht Krebs?«

Die Ärztin im richtigen Leben hat Zuversicht vermittelt. Sie sagte zur Patientin: »Vielleicht bin ich in zehn Jahren so weit, dass ich erkennen kann, was Ihnen fehlt.« Das ist medizinischer Fortschritt.

THERAPIEHUND AM KOMMUNIKATIONSBECKEN

Manchmal ist der Wahnsinn ganz nahe. Neulich am See etwa. Ein frei laufender Hund springt die Kinder an. Sein Frauchen sagt nicht: »Der will nur spielen.« Sie sagt stattdessen: »Das ist ein Therapiehund, der nimmt Kindern die Angst.« Die Kinder schreien aber. Die Frau erklärt unterdessen, wie wichtig Tiere im Alltag sind, nicht immer nur Computer. Der Therapiehund schnuppert, die Kinder schreien weiter. Später am Tretbootverleih sagt der Tretbootverleiher, dass Hunde von Natur aus schwimmen könnten, Menschenbabys auch, die würden es nur wieder verlernen. Ob ein Therapiehund Menschenkinder retten würde, wenn sie aus dem Tretboot fallen? Wahrscheinlich würden sie abtauchen, statt loszuschwimmen, sobald das Tier auf sie zukommt.

Am selben Wochenende im Schwimmbad. In einem Becken für Nichtschwimmer lärmen einige junge Menschen mit Migrationshintergrund. Kein Therapiehund weit und breit gebietet ihnen Einhalt. Die Jugendlichen spritzen, schreien, springen – und immer wieder hüpfen sie mit dem Gesäß voran ins Wasser. Großes Hallo. Die Nichtschwimmer sind längst vertrieben. Der Bademeister steht mit rankem Becken am Beckenrand, hat schon Verwarnungen ausgesprochen. Jetzt will er den jungen Lärmhanseln endgültig Badeverbot erteilen. Dabei steht Kommunikationsbecken auf einem Schild am Beckenrand.

Zurück in der Innenstadt. Diverse Mediziner preisen sich und ihre Dienstleistungen an, inserieren an Rolltreppen, Fahrradständern und vor der eigenen Tür. Eine Zahnärztin hat offenbar besonders viel zu bieten. Gleich zwei Schilder sind vor ihrer Praxis angebracht. Darunter finden sich aber auch obskure Praktiken, etwa die Soloprophylaxe, was eindeutig zweideutig klingt.

Wahrscheinlich ist es aber ganz harmlos, und die gesundheitspolitisch interessierte Zahnärztin will nur darauf hinweisen, dass die Zeiten endlich vorbei sind, in denen man sich in Zehnergruppen beim Zahnarzt anstellen musste, um hintereinander mit hartem Strahl den Zahnstein entfernt zu bekommen. Vielleicht ist Soloprophylaxe wirklich ein besonderer Service, weil das Gesundheitswesen so weit heruntergekommen ist, dass für den einzelnen Zahn gar keine Zeit mehr bleibt und andere Dentalhandwerker in mehreren Mündern gleichzeitig bohren, schleifen, füllen und polieren, statt jeden Zahn in seiner Einzigartigkeit zu sehen.

Auf manche Zahnärzte kann man nur noch einen Therapiehund hetzen oder sie ins Kommunikationsbecken tunken. Zur Soloprophylaxe, was anderes hilft da nicht mehr. Wahrscheinlich benennen Zahnärzte die Spuckrinne, in die man nach schier endloser Mundöffnung das Gemisch aus Blut, abgeschliffenem Schmelz und Speichel entleeren darf, bald in Kommunikationsbecken um. Man muss dann einen Aufpreis zahlen, je nachdem ob es aus Porzellan, Gold oder Hartkunststoff gearbeitet ist. Amalgam wird natürlich nicht mehr verwendet. Nach dem Ausspucken, wenn das Kommunikationsbecken wieder gespült ist, kann und darf man wieder reden. Meistens hat man seinem Zahnarzt aber nichts zu sagen, Kommunikationsbecken hin oder her.

Neulich saß ein junger Arzt auf meinem gelben Sofa. Er weinte bitterlich. Ich hätte gerne einen Therapiehund zum Trösten dabei gehabt. Dem Doktor war Schreckliches passiert. Er hatte im Krankenhaus mit ansehen müssen, wie grob ein Kollege mit Patienten umgegangen war. Auf dessen Arztkittel, auf dem über dem Namen das Wort »Arzt« eingraviert ist, hatte er daraufhin eine kleine Veränderung vorgenommen. Mit wasserfestem Stift machte er »Tierarzt« aus der Berufsbezeichnung. Die Rache des Kollegen war allerdings fürchterlich. »Zahnarzt« schrieb er auf das Revers des arglosen Humanmediziners.

IM SPIEGEL DER SELBSTERKENNTNIS

Ihm war unbestimmt subfebril zumute. Seine Freundin hatte das Röcheln, das er seinen Lungenbläschen nach dem Aufwachen entlockt hatte, kaum ernst genommen, was seinem Gemütszustand nicht guttat. Er klagte, wollte Mitleid. Das ist nur wieder so ein typischer Männerhusten, sagte sie. Dabei war er doch noch jung. Unmöglich konnte sie den Satz aus dem Pathologiebuch kennen, der zeigte, was manche Mediziner für Humor hielten. Unter dem Kapitel Bronchitis ist in dem Standardlehrbuch seit Jahrzehnten bis zur heutigen Auflage zu lesen: »Der einzige Reiz, den alte Männer haben, ist der Hustenreiz.«

Er beschloss, in sich zu gehen. Deshalb blieb er diesmal nur kurz auf meinem gelben Sofa sitzen, um sich über die fehlende Anteilnahme seiner Umgebung zu beklagen und nebenbei ein paar Symptome zum Besten zu geben. Im Hinausgehen sagte er, dass ihm der Bauch weh tue, die Knie sowieso, aber das interessiere ja keinen hier. Und die Ärzte auch nicht wirklich. Alles herzlose Ignoranten. Die würden ihn entweder auf der Stelle operieren wollen – oder fragen, ob er Stress habe. Er fühlte sich unverstanden in dieser Welt. Stress, Probleme? Seine Knie mussten doch nicht auf die Couch. So ein Unfug.

Er wollte jetzt etwas für sich tun und dachte über seine anderen Körperfunktionen nach. Er hatte mit Hilfe der modernen Medizin ein neues Verhältnis zu seinen Organen bekommen. Seine äußere Erscheinung war ihm nicht mehr so wichtig, er hatte den Reiz innerer Spiegelungen entdeckt. Seine Knie waren erst vor kurzem arthroskopiert worden. Was für ein Wunderwerk der Natur! Noch immer war er angetan vom kühnen Schwung der Menisken und Kondylen. So glatt, rein und glänzend sahen sie aus. So unversehrt. Der Henkelriss im Knorpel würde sich schon glätten lassen, sagte der freundliche Orthopäde. Wie lange lag eigentlich seine letzte Darmspiegelung zurück? Seit er die Endoskopie als Methode der Selbsterkenntnis entdeckt hat, zählten für ihn vermehrt innere Werte.

Die Darmspiegelung vor zwei Jahren hatte er in guter Erinnerung. Die Umstände waren zwar nicht erbaulich. Dafür fand er den Live-Bericht aus seinem Inneren grandios. Wie das rötliche Gewebe glänzte! Das war nicht eklig oder abstoßend, sondern ästhetisch und sauber. Seit damals hatte er eine Vorliebe für Science-Fiction-Filme wie »Die Reise ins Ich« (1987) oder den Klassiker »Die phantastische Reise« aus dem Jahr 1966. Darin lassen sich ein paar Leute in einem U-Boot schrumpfen und in den Körper eines Ostblockforschers injizieren. Wenn ihn die Lende zwickte, schaute er sich wehmütig den norwegischen Film »Auf der Jagd nach dem Nierenstein« (1996) an.

Dummerweise hatte er sich für die Darmspiegelung damals ein einschläferndes Mittel geben lassen, so dass er die inneren Einblicke nur wie in Trance mitbekam. Er wollte sich deshalb sofort einen Termin für eine Nachuntersuchung geben lassen. Der Magen-Darm-Experte versuchte lustig zu sein und entgegnete: »Ten years after.« Ist die erste Untersuchung unauffällig, hat die zweite ungefähr zehn Jahre Zeit.

Vielleicht ließ sich mit seinem Husten etwas anfangen. Der war immer noch lästig, seine Freundin würde schon sehen, dass es mindestens eine Erkältung war. Seine Eitelkeit war inzwischen ganz nach innen gekehrt. Allerdings schrak er vor einer Lungenspiegelung noch zurück. Allein die Vorstellung, einen Schlauch zu schlucken, brachte ihn an den Rand des Erstickens. Er war latent neurotisch, schließlich konnte er nicht mal in Gesellschaft pinkeln. Seit frühen Kindertagen war es ihm auch unmöglich,

Tabletten zu schlucken. Er nahm sie nur in zerbröselter Form zu sich. Er war irritiert. Seine Gedanken flackerten irr. Wieder kam er auf mein gelbes Sofa: Ob man neben Darm, Lunge und Knie auch das Gehirn spiegeln könnte, wollte er wissen.

BESOFFEN VOM EIGENEN LEIB

Er ist unerreicht als Experte für körperliche Übersprungshandlungen. Ein Tausendsassa des Leidens und deshalb ein gesuchter Gesprächspartner. Es gibt nur wenige Regionen in seinem Körper, von denen er noch keine Schmerzsignale empfangen hat und denen er bisher nicht eine Dehnung, Zerrung, Kolik oder -itis entlocken konnte. Eine Weile war er zwar fast ausschließlich orthopädisch fixiert, aber inzwischen ist er auch offen für andere Fachbereiche. Zudem hat er den Reiz interdisziplinärer Beschwerden entdeckt. Wenn Orthopäde, Neurologe, Hausarzt und Chirurg ihn im Kreis herum überweisen, weil ihr diagnostisches Rätselraten zu keinem Ergebnis führt, bereitet ihm das diebische Freude.

Lange Zeit hatte er nur sein rechtes Knie im Blick, doch das war ihm bald zu eindimensional und fad. Er war deshalb schon viel besserer Laune, als er kürzlich auf meinem gelben Sofa darüber klagen konnte, dass ihn neuerdings die rechte Hüfte so schmerzen würde. Er hatte das unerwartete Symptom als Hilferuf eines bisher vernachlässigten Körperteils verstanden, das auf diese Weise seiner Eifersucht auf das Knie Ausdruck verlieh. Die gegoogelten Diagnosen Hüftkopfnekrose und springende Hüfte übten aber auch einen starken Zauber auf ihn aus. Hüftkopfnekrose hatte so etwas Morbides, und eine springende Hüfte erschien ihm wie eine verspätete Reminiszenz an seine Jugend im Turnverein.

Allerdings war bei ihm weniger die Hüfte sprunghaft als vielmehr sein Wesen. Was Goethe über seinen frühen Weggefährten

Jakob Michael Reinhold Lenz sagte, mochte auch für den Kollegen gelten: »Für seine Sinnesart wüsste ich nur das englische Wort whimsical, welches, wie das Wörterbuch ausweist, gar manche Seltsamkeiten in einem Begriff zusammenfasst.« Denn am nächsten Tag klagte er auf dem gelben Sofa nicht mehr über seine wie auch immer malade Hüfte. Jetzt war es plötzlich der Fußrücken am Übergang zum Unterschenkel, der schmerzte. Er hatte sogar das Gefühl, ein bisschen zu lahmen.

Als der Kollege aus dem Überblicksressort, der schon länger auf dem Wartesofa vor dem gelben Sofa gesessen hatte, drankam und erzählte, dass der Arzt statt einer Achillessehnenschwäche bei ihm eine S1-Läsion vermuten würde, wurde der an Knie, Hüfte und Fuß geschlagene Kollege neidisch und wollte das auch haben. Dabei hatte er zuvor für das Kompartementsyndrom geschwärmt – einen auf Überlastung zurückgehenden Überdruck an der vorderen Schienbeinseite, der Nerven und Blutgefäße so empfindlich komprimieren kann, dass in vielen Fällen operiert werden muss.

Er konnte sich nicht für ein Symptom entscheiden. Er wollte sich noch bis zum nächsten Morgen überlegen, was ihm am meisten weh tat. Am kommenden Tag hatte er dann allerdings Kopfschmerzen. Ihn drückte und piesackte das Hirn in der Schale. Er war müde, seine Augen waren ein bisschen geschwollen. Die Strategie war einfach zu durchschauen. Immer, wenn ihm ein Symptom zu nahe kam, wechselte er schnell zu einem anderen.

Ärzte, Krankenkassen und Gesundheitspolitiker beschwören regelmäßig die Gefahren durch Doktorhopping. Alles halb so schlimm. Das tatsächliche Problem sind die Symptomhopper, die nicht bei ihren Beschwerden bleiben können und daher ständig Ärzte mit immer wieder neuen Zipperlein beschäftigen. Furchtbar, diese Patienten, denen jegliche Konstanz fehlt.

Der Kollege machte in den nächsten Tagen eine überraschende Wende durch. Er hatte jeden Tag Kopfschmerzen, war jeden

Tag müde, bekam jeden Tag die Augen nur mühsam auf. Statt an den nächstliegenden Grund – seinen erheblichen Alkoholkonsum in dieser Zeit – zu denken, bekam er Angst. »Ich habe immer das Gleiche – ich glaube, jetzt bin ich krank«, klagte er auf dem gelben Sofa.

DER RICHTIGE ZEITPUNKT

Auch wenn prinzipiell alles stimmt, was in der Zeitung steht, gibt es auch hier, in der Redaktion, Leute, die seltsamen medizinischen Glaubensrichtungen angehören. Sie glauben an so etwas wie den richtigen Zeitpunkt, auch wenn Außenstehende eher den Eindruck haben, dass sie so einiges im Leben verpasst haben.

Da ist beispielsweise die Kollegin, die nur zum Friseur geht, wenn auch ihr Hund im Lauf der Jahreszeiten sein Fell ausdünnt oder dichter wachsen lässt. Passend zum Winterkleid ihres Borderline-Collies hat sie sich gerade Haarteile einflechten lassen. Sie schwört auch auf die Bedeutung der Mondphasen, und das nicht nur, weil sie eine Frau ist, wie sie immer wieder betont. Sie lässt sich grundsätzlich nicht bei Vollmond operieren, auch kein Blut abnehmen, nicht mal ein Pflaster kleben. Sie würde sich auch nie bei Vollmond impfen lassen. Bei Neumond, zu- und abnehmendem Mond auch nicht. Das würde anderen Menschen logistische Probleme bereiten. Ihr nicht, da sie Impfgegnerin ist.

Auch wenn Millionen Menschen daran glauben, ist der Einfluss der Mondphasen auf den Körper unbedeutend. Viel wichtiger sind die Arbeitsphasen – allerdings die der anderen. Kürzlich kam ein Kollege auf mein gelbes Sofa und erzählte vom Herzinfarkt seines Großonkels. In der Nacht von Samstag auf Sonntag hatten dessen Kranzgefäße dichtgemacht. Ewigkeiten habe es gedauert, bis der Notarzt gekommen sei. Im Krankenhaus verstrichen endlose Minuten, bis die Ärzte vor Ort waren und die verstopften Koronarien frei machen konnten. Glücklicherweise hat der Mann überlebt. Man kann das Herzpatienten nicht oft genug einschärfen: Wenn schon ein Infarkt, dann unter der Woche zu normalen Arbeitszeiten. Nachts und am Wochenende sind zwar kaum Patienten im Wartezimmer, dafür aber auch die Ärzte anderweitig unterwegs.

Am nächsten Tag kam eine Kollegin auf mein gelbes Sofa, die klagte darüber, dass sie so oft den falschen Zeitpunkt erwischen würde. Während der Arbeitszeiten habe sie nie Beschwerden. Am Wochenende plage sie hingegen regelmäßig Migräne. Alles hat sie schon probiert. Das Einzige, was hilft, ist Arbeit. Dann sind die Schmerzen wie weggeblasen.

Man kann es übertreiben mit der Angst, zum falschen Zeitpunkt krank zu werden. Chronische Arbeit ist ja keine Lösung. Auch der Kollege, der chronische Knie hat, und sich nur noch zu joggen traut, wenn ein Orthopäde dabei ist, büßt ein wenig an spontaner Lebensfreude ein. Ein guter Freund, der schon manches Mal auf meinem gelben Sofa Rat suchte, hat zwar eigentlich alles richtig gemacht, aber trotzdem Pech gehabt. Ort und Begleitung hätten nicht besser gewählt sein können. Er war beruflich in Berlin unterwegs. Die Sitzung zog sich hin, ihm wurde blümerant zumute. Schließlich musste er die Besprechung verlassen. Ihm war schwindelig, er schwitzte, fühlte sich nicht wohl. Kurzatmig ging er in die nächste Apotheke, um sich ein Kreislaufmittel geben zu lassen. Doch so weit kam es nicht. Als die Fachkraft ihm gerade Tropfen aushändigen wollte, stürmten ein Kamerateam und ein Tross Leibwächter in die Apotheke. Sie hatten Gesundheitsministerin Ulla Schmidt im Gefolge und wollten einen Fernsehspot mit der Politikerin drehen. Sie sollte Sätze sagen wie »Für ihre Gesundheit tun wir alles«, aber das bekam er nicht mehr richtig mit.

Dem nassgeschwitzten Freund sackte endgültig das Blut in die Beine. Er wurde in die Charité eingeliefert und musste dort ein paar Tage bleiben. Zur Überwachung, wie das im Krankenhaus immer heißt, als ob Patienten Delinquenten oder wilde Tiere wären. Die Mediziner stellten ihn auf den Kopf, untersuchten Blut,

Herz und vieles mehr. Ob sein Kreislaufzusammenbruch trotz oder wegen der Gesundheitsministerin so dramatische Ausmaße angenommen hatte, konnten die Ärzte allerdings auch nach ausführlichen diagnostischen Tests nicht sagen.

JEDEM SEIN HÜSTELN

Seit ein paar Tagen hüsteln sie alle. Es ist so ein nervöser Reizhusten, der je nach Geschlecht, Hormon- und Stimmungslage zwischen kieksend spitz und bellend dumpf oszilliert. Woher die kehligen Kollerlaute kommen, weiß niemand so genau. Wahrscheinlich ist es psychisch bedingt – ein erstickter Aufschrei gegen Herbstdepression, Wirtschaftsrettungspakete und wohlfeiles Gemäkel am Ekel-Fernsehen. Vielleicht handelt es sich aber auch um eine neue Epidemie, die von asiatischen Marienkäfern nach Deutschland eingeschleppt wurde. Die machen schließlich gerade den Süden des Landes unsicher und verschonen dabei nicht mal die fahrlässig geöffneten Landtagsfenster. Ein akuter Fall von Marienkäfergrippe also? Nur echt mit dem auch für Menschen gefährlichen Fünf-Punkt-ein-Strich-Virus?

Jedenfalls verdrängt der Reizhusten mit seiner Kontaminationswucht rücksichtslos alle anderen Leiden. Erst gestern saß dieser junge Kollege auf meinem gelben Sofa, der vor Kraft kaum gehen kann. Ein Brustkorb wie ein Heizkörper. Jetzt hockt er gebeugt da, der starke Mann. Klagt über Schmerzen an der Fußsohle, an der Hüfte, am Rücken. »Alles tut mir weh«, sagt er. »Dabei bin ich doch erst Anfang 30, wie ist das erst im Alter?« Ich musste über seine Beschwerden gründlich nachdenken und wollte ihm am nächsten Tag sagen, dass solche Symptome meistens psychisch bedingt seien und er erst mal den Kopf freibekommen müsse. Echte Lebenshilfe also, aber so weit kam es nicht.

Am nächsten Tag wollte der Mann mit der Panzerknackerstatur weder über seine fragilen Knochen noch über Ganzkörperschmerzen reden. Er sah geheimnisvoll wie eine Sphinx um sich und war fortan nur noch mit Pharynx, Larynx und Co. beschäftigt, wie Rachen und Kehlkopf auf Medizinisch heißen. Da sei jetzt dieser Husten, dieser ständige Reiz. Er hatte gelesen, dass die Gläser auf dem Oktoberfest nicht ordentlich gespült worden seien und seither halb Deutschland – vielmehr die sechs Millionen Wiesn-Besucher – vom Krächzvirus befallen seien. Wenn die Gläser schmierig sind, nutzt das Reinheitsgebot für Bier wenig.

Als Arzt hat man es nicht unbedingt leichter, wenn man nervös hüstelt. Kürzlich kam ein befreundeter Mediziner vorbei, der sich auf mein gelbes Sofa setzte. Er klagte über häufigen Reizhusten und hatte eine eigenwillige Erklärung dafür. Ihm war einst das Außenband am Knöchel gerissen, und er musste daraufhin erst Gips, dann Schiene tragen. Eines Tages wurde sein Bein plötzlich dick und schmerzte. Als ausgebildeter Hypochonder wusste er, was ihm drohen konnte: eine tiefe Beinvenenthrombose.

Er spürte förmlich, wie die Venen in seinem Oberschenkel dichtmachen würden und der Thrombus die Leiste hochkroch. Er fuhr in die Klinik, war auf alles gefasst. Er wartete jede Sekunde darauf, dass sich das Gerinnsel, das in seinem Bein lauerte, plötzlich löste und in die Lunge schoss. Er erwartete die jähe Luftnot, den Moment, da ihm der Atem wegbleiben würde – kurzfristig sicher, vielleicht sogar für immer. Er hüstelte in banger Erwartung einer Lungenembolie und des baldigen Endes und war eins mit sich und seinem Wehklagen.

In der Klinik sah ihn der diensthabende Arzt mitleidig an – so wie nur Ärzte schauen, wenn sie überflüssigerweise gerufen werden. Der Ultraschall zeigte, dass mit dem Bein alles in Ordnung war. Der Leidensmann hatte sich schlicht zu wenig bewegt. Das Bein war dick geworden, weil sich durch die motorische Starre etwas Blut im Unterschenkel angesammelt hatte. Seit damals hat er nie wieder Beschwerden im Bein gehabt. Immer wenn es eng wird, wenn er sich im Alltag überfordert, kommt allerdings dieses nervöse Hüsteln. Er weiß dann, das ist sein vorauseilender Abwehrreflex. Nicht nur gegen eine drohende Lungenembolie, sondern gegen alle Zumutungen dieser Welt.

HERBSTLICHER TEUFELSKREIS

Das Herbstlaub, die Blätter, der Nebel. Dieses aufdringliche Welken und Vergehen kann einen schon wahnsinnig machen. Es waren trotzdem eher ungewöhnliche Beschwerden, die sie hatte. Sie setzte sich auf mein gelbes Sofa und hielt sich die ganze Zeit die Hand auf den Bauch. In mahlenden Bewegungen streichelte sie sich gegen den Uhrzeigersinn. In der Gegend, wo der Kopf der Bauchspeicheldrüse und der Zwölffingerdarm in der Tiefe zu vermuten waren, hielt sie manchmal inne. Dieses Bewegungsmuster führen üblicherweise nur Frauen aus, die seit wenigen Stunden wissen, dass sie schwanger sind. Das war bei ihr nicht der Fall.

Sie hatte Probleme mit dem Herbstlaub. Es war so laut. Nicht das Laub selbst, das nicht, aber die städtischen Entsorger lagen ihr ständig in den Ohren. Unter ihrem Schlafzimmerfenster schien sich ein Treffpunkt der Laubbläser etabliert zu haben. Das sind die Nachteile bevorzugter Wohnlagen. Morgens, mittags, abends, sogar am Wochenende war das Gepuste zu hören. Sie konnte sogar unterscheiden, ob das Gerät gerade als Laubbläser oder Laubsauger sein Werk verrichtete.

Sie hatte sich in die Sache hineingesteigert. Sie wusste inzwischen sogar, dass es Geräte gab, die einschüchternde Namen wie Hurricane, Grizzly oder Gloria Tornado Vario hatten. Der Name Starmix berührte sie eher unangenehm. Sie wurde immer reizbarer, sah sich als hilfloses Opfer den herbstlichen Verwehungen und Lärmbelästigungen ausgeliefert. Es ist die alte Geschichte: Die Frösche, die in Nachbars Teich quaken, rauben einem den

Schlaf. Wird im eigenen Garten ein Tümpel angelegt, erscheint das Gequake hingegen als reinster Wohlklang, der nie mehr den Schlummer stört.

Sie entwickelte Symptome. Überraschenderweise bekam sie es an den Ohren. Jedenfalls am Anfang. Sie wusste nicht genau, ob es sich bei dem Dauerton um das persistierende Rauschen des Laubbläserorchesters vor ihrem Fenster handelte, oder ob sie sich einen Tinnitus eingefangen hatte. Mal glaubte sie an einen Riss im Trommelfell, dann vermutete sie in einem Rückfall in frühkindliche Geborgenheitsrituale sogar eine Mittelohrentzündung.

Jedenfalls schluckte sie irgendwann Antibiotika. Gegen den Druck vor, auf und in dem Ohr, gegen die mögliche Entzündung in der Mitte des Ohres, gegen alles. Ihr subjektives Ohrengefühl besserte sich kaum, dafür hatte sie jetzt unklare Bauchschmerzen. Als sie das sagte, richtete sie sich plötzlich sehr gerade auf meinem gelben Sofa auf und begann wieder mit antizyklischen Mahlbewegungen auf ihrer Bauchdecke.

Gegen das Unwohlsein im Bauch, das bestimmt auf die Antibiotika zurückzuführen war, hatte sie Säureblocker genommen. Hilfreiche Medikamente, die nur den Nachteil haben, dass sie bei besonders sensiblen Menschen auf die Ohren gehen können. Bei ihr gingen sie auf die Ohren. Da war dieser Druck, manchmal auch gepaart mit Schwindelgefühlen. Sie überlegte, ob sie vielleicht wieder Antibiotika nehmen sollte, die hatten ihren Ohren zuletzt gutgetan.

Schließlich entschied sie sich doch anders und wählte die Konfrontationstherapie, eine aggressive Behandlungsform. Sie kaufte sich einen Laubbläser, ein kombiniertes Modell, das saugen und blasen kann. Ich wollte sie warnen. Man weiß ja, wie das enden kann. Gerade im Herbst sind die psychiatrischen Kliniken voll mit Patienten, die eine Beziehung zu ihrem Laubbläser eingegangen sind. Gerhard Polt hat das Tabuthema mit seinem Stück »Offener Vollzug« dem Schweigen entrissen.

Polt spielt in einer Szene einen Patienten, der sich für den Papst hält und der versucht, mit dem Laubbläser Ordnung in die Welt und in das herbstliche Durcheinander zu bringen. Sein Schlachtruf: »Avanti Ventilazione!«

UNGEWOLLTE SEGNUNGEN

Auch Ärzte sind mal krank. Schließlich haben sie genügend Gründe dafür. Sie rauchen mehr als der Rest der Bevölkerung, sie trinken mehr, sie ernähren sich ungesünder, treiben weniger Sport, und sie schlucken mehr Tabletten. Aus ihrer Sicht liegt das daran, dass sie mehr arbeiten als die übrige Bevölkerung, dem Tod öfter bei der Arbeit zusehen und manchmal sogar assistieren. Typischerweise gehen Ärzte auch seltener zum Arzt. Sie wissen ja schon, was der ihnen meistens rät – weniger zu rauchen, weniger zu trinken, gesünder zu essen, sich mehr zu bewegen und weniger Tabletten zu schlucken. Ja, manchmal rät der Arzt sogar zu weniger Arbeit.

Außerdem wissen Ärzte, was sie so alles haben können, wenn sie krank sind. Sie sind schließlich ausgebildete Kranke. Während der Laie, sofern er nicht ebenso hypochondrisch wie belesen ist, hinter einem hartnäckigen Hustenreiz nur eine hartnäckige Erkältung vermutet, kennt der Arzt weitaus schlimmere Diagnosen. Der Psychologe und Bestsellerautor Paul Watzlawick hat in seiner »Anleitung zum Unglücklichsein« medizinischen Laien empfohlen, sich bei Schlieren vor den Augen und einem Dauergeräusch im Ohr in schlimmste Ängste hineinzusteigern, um richtig unglücklich zu werden. Ärzten riet Watzlawick hingegen davon ab, sich an diesen meist harmlosen Beschwerden zu versuchen, da sie bereits seit ihrem Studium damit beschäftigt seien, allein die 5000 Symptome der Inneren Medizin an sich zu entdecken.

Ich war also krank. Husten, leichtes Fieber, Abgeschlagenheit. Ich wollte mich nicht auf mein gelbes Sofa setzen, so schlimm war es nun auch wieder nicht. Und wer würde mir da schon zuhören? Also beschloss ich, ein Erholungswochenende in einem Hotel mit Thermalbad und Saunalandschaft zu verbringen. Der ganze Wellness-Chichi konnte mir gestohlen bleiben, ich wollte einfach nur ausschlafen, in der Thermaltunke entspannen und mich ausschwitzen.

Allerdings konnte man sich in Hotel und Badeanstalt kaum unbehelligt bewegen. Sie hatten einem Feng-Shui-Meister in seinem Wahn alle Freiheiten gelassen. Sogar die Hotelbetten waren laut Hotelprospekt »entstört« – was mich beunruhigte. Das Wasser ließen sie nicht einfach aus dem Berg und den nahen Quellen sprudeln, nein, es wurde mit Hilfe eines Wasserbelebungsgerätes »mit energetischen Informationen angereichert«, und zwar in Form doppelspiraliger Längsverwirbelungen. Den »Raum der glückhaften Segnungen« konnte ich glücklicherweise meiden, schließlich wurde dort Energie »eingebracht«, die früher nur für Kaiser, Könige und die höchste Priesterklasse gedacht war, und dazu gehöre ich bis heute nicht. Auch »spezielle Kraftpunkte« musste ich nicht aufsuchen. Auf der Terrasse war es schön, obwohl sie »in das Gesamtkonzept als Energiesammler eingebunden« war. Die Lebensenergie und ihr aus Asien importierter Zwillingsbruder Qi sollten eben überall freien Lauf haben.

Allerdings fühlte man sich in dem Hotel nirgends ungestört oder gar entstört. Auch ohne Einsatz von Nackt-Scannern schien dort ein System perfekter Überwachung installiert zu sein. Die Spiegel in den Zimmern waren schließlich »im Maß der kosmischen Ordnung angebracht«, was ähnlich suspekt klang, als hätten dahinter Geheimdienste ihre Beobachtungsposten bezogen. »Wie Zauberspiegel im Märchen reinigen sie die Aura«, behauptete das Hotelmanagement.

Versteckte Warnhinweise auf Observationsaktivitäten hätte man ja entdecken können. Schließlich teilte die Hotelleitung lapidar mit: »Der Spiegel kommuniziert mit dem Gast. Noch unheimlicher klang der Hinweis, »jeder bekommt eine Segnung, ob gewollt oder nicht«. Diese offene Drohung schien mein Qi massiv beeinträchtigt zu haben. Als ich abreiste, war der Husten jedenfalls um kein Hüsteln besser geworden.

MEINE SPRITZE IST GRÖSSER

Patienten wollen betrogen werden. Würden sie tatsächlich immer wissen, was Ärzte mit ihnen anstellen, käme mancher Heilungsprozess längst nicht so schnell voran. Kürzlich stürmte eine Kollegin in mein Zimmer und war empört. Wütend beschwerte sie sich auf meinem gelben Sofa über ihren Arzt. Sie hatte Schmerzen an der Schulter, an der Hüfte, an den Knien und eigentlich auch die ganze Wirbelsäule entlang. Und am Kopf. Und was hat der Quacksalber – das waren ihre Worte – gemacht? Ihr geraten, sich zu entspannen und abzuwarten, dann würden die Beschwerden bestimmt bald vergehen. »Nicht mal ein Rezept hat er mir mitgegeben«, ereiferte sie sich.

Der Arzt hatte wohl zu Recht an die alte Medizinerregel gedacht: »Wenn es Patienten an mehr als drei Stellen weh tut, ist es ein Verkehrsunfall oder psychisch.« Dennoch hat er falsch gehandelt. Gerade in solch schwierigen Momenten darf man die Hilfesuchenden nicht alleinlassen, sondern muss ihnen Kügelchen, Pülverchen oder Pillen mitgeben – und in hartnäckigen Fällen gleich eine Spritze verpassen. Das heutige Arsenal der Ärzte erfüllt schließlich in etwa die Wirkung, die früher Glitzerperlen und Billigketten auf Eingeborene ausübten. Sie fühlen sich von den Eindringlingen besänftigt und beschenkt. Es geht ihnen sofort besser.

Deshalb ist auch der Arzt zu loben, den die Kollegin anschließend aufsuchte. Er gab ihr eine Spritze in den Po, die so groß war, wie man sie eigentlich nur noch aus dem Kabarett kennt. Dann verschrieb er ihr bunte Kapseln, einmal täglich. Der Mann ist auf dem Stand der Forschung. Denn Mediziner wissen mittlerweile genau, wie entscheidend die Symbolkraft ihrer Taten für den Behandlungserfolg ist. Das Sein bestimmt das Bewusstsein – und die Erwartungshaltung die Wirkung. So sind Spritzen aus Sicht der Kranken viel hilfreicher als Pillen – auch wenn es sich in beiden Fällen um Zuckerlösung handelt. Auch die Wirkung von Tabletten hängt von ihrem Design ab, wie Placebo-Forscher entdeckt haben. Patienten trauen Kapseln und Dragees einfach mehr zu als Tabletten. Größere wirken stärker als kleine. Sogar die Farbe spielt eine wichtige Rolle: Rote, orange und gelbe Tabletten gelten als stimulierend, grüne oder blaue als beruhigend.

Auch für Spritzen gibt es eine klare Hierarchie. Subkutane Injektionen – das sind Pikser unter die Haut – sind etwas für Warmduscher. Tun kaum weh und gelten als längst nicht so wirksam wie Injektionen, die tiefer gehen oder richtig treffen. Stark wirksam sind nach Auffassung der Patienten daher Spritzen in den Muskel – die sind oft schmerzhaft und müssen allein schon deshalb helfen – oder Spritzen direkt ins Blut.

In vielen Ländern machen Ärzte sich diese Erkenntnisse zunutze. In den USA ergab kürzlich eine Untersuchung, dass mehr als die Hälfte der Internisten regelmäßig Placebos verschreiben. Sie nehmen dazu allerdings nicht immer Zuckerlösung, sondern auch Antibiotika, Beruhigungsmittel, Schmerztabletten und was der Medikamentenschrank an Mitteln kurz vor Ablauf des Haltbarkeitsdatums noch hergibt.

Vielleicht ließen sich mit Hilfe gezielt gewählter Placebos auch auf dem gelben Sofa ungeahnte Heilerfolge erzielen. Und zwar mittels Placebodiagnostik. Erstes Versuchskaninchen war ein Kollege, der seine Erkältung mit Hilfe nervtötender Selbstbeobachtung – in dieser Reihenfolge – schon zu Lungenkrebs, Asthma und allergischem Schock ausphantasiert hatte. Ich sagte ihm auf den Kopf zu, dass er an einer leichten Sommergrippe leide, die rein jahreszeitlich bedingt schnell wieder verschwinden würde. Er war perplex, fand es für die Jahreszeit zu kühl und trollte sich. Bei ihm musste es klappen. Er war es schließlich auch, der im November penetrant in der Kantine Frühlingsrolle bestellte.

DER MANN ALS STABHEUSCHRECKE

Schwer zu sagen, ob es eher ein Selektionsvorteil oder ein Handicap für ihn war. Unbestritten besaß der Kollege eigenartige Eigenschaften. Phänotypisch, wie das ein politischer Großanalyst aus der Redaktion nennen würde, war der Kollege extrem unauffällig und alterslos. Seine absolute Durchschnittlichkeit war ebenso sein Problem wie sein Alleinstellungsmerkmal. Wie schnell konnte man ihn übersehen! Andererseits wirkte er in seinem Mittelmaß so passend, als ob er überall immer schon dazugehören und bald mit einer Inventarnummer versehen werden würde. Er ging in seiner Umgebung völlig auf.

In jüngster Zeit erzeugte seine soziale Leisetreterei aber einen gewissen Leidensdruck. Der Kollege setzte sich auf mein gelbes Sofa und klagte über seine einseitigen Kontakte. Im Bekleidungsfachgeschäft hielt man ihn immer für den Verkäufer, im Restaurant für die Bedienung. Wenn er in anderen Städten zu Besuch war, die er noch nie zuvor bereist hatte, fragte man notorisch ihn nach dem Weg. Er war der geborene Einheimische, auch in der Fremde. Wie eine Stabheuschrecke, die von ihren Fressfeinden für einen Ast gehalten wird, verschmolz er stets so mit seiner Umgebung, dass er im großen Weltganzen aufzugehen schien, egal wo er sich befand. Zweifellos also litt er am »Multiplen Unauffälligkeitssyndrom«.

Obwohl er erst seit vier oder fünf Jahren der Redaktion angehörte, wollte ihm der Verlag kürzlich ein Geschenk für seine 20-jährige Betriebszugehörigkeit überreichen. Er würde immer da sein. Wenn sich andere Kollegen im Kampf mit ihren Vorgesetzten längst aufgerieben und unter Absingen schmutziger Protestlieder ihre Kündigung eingereicht hatten, so würde er bestimmt immer noch hier angestellt sein.

Er hatte Charles Darwin und seine Theorie richtig verstanden. Der berühmte Naturforscher ist ja schon oft in der Geschichte falsch interpretiert worden. Sein berühmtes Diktum vom »Survival of the fittest« war schließlich nicht so gemeint, dass immer nur der Größte und Kräftigste überlebt. Vielmehr hat derjenige im Kampf um Partner, Posten und Pralinen das große Los gezogen, der am besten angepasst ist – was in sesshaften Bürogesellschaften eben bedeuten kann, dass der evolutionäre Vorteil darin besteht, besonders unauffällig zu sein. Dieser Kollege war zweifellos ein äußerst adaptiver Typ.

Neuerdings stand seine Anpassungsfähigkeit jedoch vor größeren Herausforderungen als dem innerbetrieblichen Stellungskrieg. Seine Freundin, die ihn bei einem Blind Date für ihr Blind Date gehalten hatte, obwohl er in der Kneipe nur vor dem Regen Schutz gesucht hatte, sie war schwanger. Stolz berichtete er, dass er bereits auf dem besten Weg der körperlichen Metamorphose war und schon drei oder vier Kilogramm zugenommen hatte. Er hatte sogar eine ältere Untersuchung gefunden, wonach besonders einfühlsame Partner in neun Monaten ebenfalls die zwölf bis fünfzehn Kilogramm zunehmen können, die eine Frau während der Schwangerschaft zulegt. Manchmal war ihm morgens auch ein bisschen übel.

Alles schien in ruhigen, unauffälligen Bahnen zu verlaufen, bis der Kollege eines Tages völlig aufgelöst erneut Rat auf meinem gelben Sofa suchte. Jetzt, zur Mitte der Schwangerschaft, habe er plötzlich permanent diese Ohrgeräusche und immer wieder Schwindelgefühle. Manchmal müsse er sich irgendwo festhalten oder hinsetzen. Ihm war das alles zu viel, er wusste nicht, ob er mit dieser Frau ein Kind wollte. Besonders aber irritierte ihn, dass sonst niemand in seiner Umgebung diese Symptome hatte. Seine Freundin nicht, seine wenigen Bekannten auch nicht. Er wollte, dass es wegging, dieses unangepasste Symptom. Dabei war er das erste Mal in seinem Leben auf dem Weg zu sich selbst.

ARZTTERMINE, ABER SOFORT

Es gibt unterschätzte Heilverfahren, die im Alltag viel zu wenig genutzt werden. Sie könnten das medizinische System grundstürzend ändern. Kopfpauschale, Bürgerversicherung oder Gesundheitsfonds – das versteht nicht nur keiner, es setzt auch am falschen Ende an. Auf die richtige Lösung kann einen der Kollege bringen, dem es immer irgendwo weh tut und der Leiden kennt, von denen selbst Ärzte noch nichts gehört haben. Er ist ein ausgebildeter Kranker, der sich nichts einbildet, weil er natürlich alles spürt, was er sagt. Und er spürt viel.

Kürzlich kam er vorbei und setzte sich mal wieder auf mein gelbes Sofa – auf dem er sowieso Stammgast ist. Diesmal berichtete er von ominösen roten Stellen. Ärzte denken in Ekzemen oder Effloreszenzen. Stellen kennen sie nur aus dem Anzeigenteil im Deutschen Ärzteblatt. Der Kollege hatte angeblich welche auf der Haut. Sein maliziöses Lächeln hätte mich misstrauisch machen müssen, denn er wollte keinen medizinischen Rat, sondern nur seine triumphale Heilsgeschichte erzählen.

Vom Arzt hatte er sich eine Salbe verschreiben lassen, keine drei Euro hat sie gekostet. Artig bewahrte er sie im Badezimmerschränkchen auf, benutzt hat er sie nie. Plötzlich waren die Stellen weg. Erst glaubte er an eine geheimnisvolle Fernwirkung. Vielleicht waren ja ätherische Öle, kortisonhaltige Schwebstoffe oder sonstige flüchtige Substanzen auf seiner geplagten Haut niedergekommen, während er im Badezimmer war. Wahrscheinlicher schien ihm aber, dass allein das Wissen um die griffbereite

Therapie den roten Stellen so was von Angst eingeflößt hat, dass sie sich davonmachten.

Es gibt eine alte Weisheit über das Wesen der Medizin, die jene, die sie beruflich ausüben, gerne unterdrücken. Demnach besteht ärztliche Kunst vor allem darin, Patienten die Zeit zu vertreiben, während die Natur mit der Selbstheilung beschäftigt ist. Dieses Motto bewahrheitet sich zumindest im Redaktionsalltag immer wieder. Man muss der Selbstheilung allerdings auf die Sprünge helfen, besonders gut geht das mit Arztterminen oder Medikamenten.

Äußerst erfolgreich ist die akute Konfrontationstherapie. Kürzlich kam ein Kollege in mein Zimmer und klagte auf dem gelben Sofa über Schmerzen in der Seite, Abgeschlagenheit und Kreislaufbeschwerden. In dem Moment rief ein befreundeter Arzt an, und ich wollte gleich den Kontakt herstellen. Der Arzt ist gut, freundlich und wollte auch gleich einen Termin vereinbaren. Der Kollege aber hob beschwichtigend die Hände, so, als müsse er sofort unters Messer. Er murmelte: »So schlimm ist es auch nicht«, und verließ das Zimmer. Ein paar Tage später darauf angesprochen, hatte er seine Beschwerden bereits vergessen.

Es ist wohl eine Mischung aus Vorführeffekt und Abschreckungstherapie. Wer sich stundenlang die Backe hält und an nichts anderes als seine Zahnschmerzen mehr denken kann, spürt plötzlich nichts mehr, sobald er auf dem Zahnarztstuhl sitzt. Soll der Freund den Computer reparieren, der seit Wochen nicht mehr geht, laufen wie von Wunderhand gesteuert wieder alle Programme, sobald der Nothelfer nur geklingelt hat. Und dem freundlichen Mitarbeiter der Service-Hotline kann man auch nur peinliches Stammeln entgegenbringen, wenn man ihn nach endlosen Tastenkombinationen am Apparat hat – das Gerät aber wieder funktioniert.

Noch besser funktioniert das mit Operationsterminen. Wahleingriffe sollte man schon jetzt mit viel Vorlauf buchen. Der Freund hatte Rückenschmerzen. Zwei Jahre Physiotherapie, eine

Kur, einen Monat Intensiv-Reha-Training, täglich. Anfang November ließ er sich einen Operationstermin für Januar geben. Zwei Wochen später joggte er wieder, nahm seine rückenschonende Matratze und wandelte. Ach ja, die Partnerin hat er auch gewechselt.

KRANKE KONKURRENZ

Es hatte ganz harmlos angefangen. Er reagierte zunächst nur mit diesem gelegentlichen Hüsteln, wenn man ihn ansprach. Er unterdrückte es wie einen Schluckauf, was ein sonderbar glucksend eruptives Geräusch ergab. In größerer Runde wechselte der Kollege jedoch zu einem demonstrativen Husten, manchmal bellend, immer anklagend. Eines Tages kam er zu mir ins Zimmer, setzte sich erschöpft auf mein gelbes Sofa und sprach eine ungeheuerliche Vermutung aus: »Ich glaube, ich habe eine Erkältung verschleppt.«

Es muss in etwa zur gleichen Zeit gewesen sein, so vor zwei Monaten, als sein unmittelbarer Kollege ebenfalls zu hüsteln anfing. Sie bearbeiten ähnliche Themen, da kann man schon mal ähnliche Symptome entwickeln. Erst hüstelte er bescheiden vor sich hin, dann wurde er lauter. Anstrengend wurden die Titelkonferenzen, in denen die Redaktion die beste Überschrift für einen Text zu finden versucht. Beide husteten um die Wette, mal synchron, mal wie ein Echo oder gar als Kanon. Es war kindisch, aber man hatte den Eindruck, die beiden wollten sich gegenseitig mit ihren Bronchialspasmen übertrumpfen. Dabei kann so etwas gefährlich werden, manchmal bleibt ein renitenter Räusperreiz davon zurück, der sich nie wieder legt.

Ein paar Tage später eskalierte die Situation. Kollege eins war beim Arzt gewesen. Er hatte jetzt eine Diagnose, und zwar tippte der Doktor auf einen ungewöhnlich lästigen viralen Infekt. Kollege zwei ließ das keine Ruhe, und er streute ein paar Tage später in der Konferenz ein, dass sein Arzt einen Verdacht auf eine

Zytomegalie-Virus-Infektion bei ihm hegen würde. Das musste Kollege eins erst mal googeln.

Er wurde neidisch, schließlich war das mit der Zytomegalie ziemlich originell. In der Schwangerschaft kann eine solche Infektion gefährlich werden, bei geschwächtem Immunsystem ist sie häufig, diagnostizieren lässt sie sich nicht leicht, zu behandeln ist sie kaum. Er kam auf mein gelbes Sofa, fragte, ob nicht auch Schimmelpilze oder seltene Einzeller seine Beschwerden erklären könnten. Vielleicht Legionellen? Als Kind habe er mal eine Rippenfellentzündung gehabt.

Die beiden steigerten sich regelrecht in einen Wettkampf um die beste Diagnose. Leidende, die sich nicht ernst genommen fühlen, können lästig werden. Am nächsten Tag erklärte Kollege zwei allen, die es nicht wissen wollten, dass er wohl an einer chronischen Zerrung seiner Interkostalmuskeln leide, das ist das Fleisch zwischen den Rippen. Er habe ja Husten und Schmerzen. Zudem könne man auch in seinen jungen Jahren eine atypische Angina Pectoris nicht ausschließen, habe sein Arzt erwähnt. »Morgen komme ich später, ich habe einen Termin zum Belastungs-EKG«, sagte Kollege zwei, als er ging.

Kollege eins ließ sich daraufhin trotzig krankschreiben, schickte aber Mails mit neuen Vorschlägen. In einer stand nur ein Wort: Ambrosia. Das ist dieser neue In-Allergieauslöser aus den USA. Das beifußblättrige Traubenkraut, wie es Botaniker nennen, hat sich über Südfrankreich und die Po-Ebene inzwischen auch in Deutschland verbreitet. Es blüht bis in den Oktober und gibt Heuschnupfern die Möglichkeit, die Saison in den Herbst zu verlängern. Dass er nicht vorher auf eine Allergie gekommen war!

Doch Kollege zwei rüstete nach. Beim EKG war zwar nichts herausgekommen, dafür hatte ihm der Arzt jetzt eine Diagnose genannt, die so umwerfend war, dass er sie sich auf einen Zettel hatte schreiben lassen. Er litt demnach an einem »Infekt-getriggerten hyperreagiblen Bronchialsystem«. Seitdem inhalierte er immer, wenn er sich bedrängt fühlte, aus einem Cortisonspray. Das hatte sich Kollege eins allerdings auch inzwischen verschreiben lassen. Beide waren jetzt zum Lungenfunktionstest angemeldet. Es stand wieder unentschieden.

PATIENT UNTER ARTENSCHUTZ

Der Mann war völlig aufgelöst. Ein psychisches Wrack, das sah man sofort. Er brauchte Zuspruch, Trost, Barmherzigkeit. Keuchend hatte er sich auf mein gelbes Sofa gesetzt und gestammelt: »So geht es nicht mehr weiter. Der Arzt hat gesagt, ich bringe mich ins Grab.« Es war nicht die Vorweihnachtszeit, die ihm so zu schaffen machte. Es lag auch nicht daran, dass er neuerdings einen Tag Urlaub nehmen musste, um Geschenke zu besorgen. Vielmehr hatte er das Gefühl, sich für seinen Beruf aufzureiben und trotzdem nie genug zu leisten. »Ich kann doch jetzt nicht kürzertreten, dann reicht es erst recht nicht mehr«, sagte er. Er war ein Gefangener seiner selbst.

Sollte ich ihm die Geschichte des Ex-Kollegen erzählen, der vor Jahren auf dem gelben Sofa Rat gesucht hatte, damals, als mein gelbes Sofa noch woanders stand? Ein freundlicher Kollege war das gewesen, mit rundem Bauch, deutlich zu dick. Sport kannte er nur aus dem Fernsehen. Er war beruflich ziemlich eingespannt, aß gerne und viel, besonders die fettigen Teile des Fleischs. Fett ist ein Geschmacksträger, sagte er immer. Irgendwann, er war Mitte 50, hatte er einen Herzinfarkt. Mit Glück überlebte er. Viele Wochen war er in der Klinik, dann in der Reha. Danach schien er ein anderer Mensch zu sein.

Er nahm ab, erst zwei, dann fünf, dann zehn Kilo. Nach einigen Monaten hatte er schon mehr als 20 Kilogramm Gewicht verloren. Er aß kein Fleisch mehr. Eisern hielt er sich an seinen neuen Ernährungsplan. Jeden Tag gab es jetzt Fisch, Obst und Gemüse. Manchmal nervte der Kollege damit, dass er den Anteil ungesättigter Fettsäuren jedes Flossentiers aufzählen konnte. Es dauerte nicht lange, da kannte er jeden Speisefisch beim lateinischen Vornamen. Ungefragt referierte er über seinen olivenölgetränkten Speiseplan und die segensreichen Wirkungen von Jod und Omega-3-Fettsäuren auf sein einst so marodes Herz-Kreislauf-System.

Seine Adern machte er nicht nur mit einer disziplinierten Diät wieder elastisch, sondern auch mit einem beeindruckenden Training. In der Mittagspause fuhr er regelmäßig 25 Kilometer Fahrrad. In den Ferien ging er auf Wanderungen. Zwei Jahre nach dem Infarkt hatte er bereits mehrere Viertausender bestiegen; einen davon in subtropischen Gefilden, wo eine Luftfeuchtigkeit von 150 Prozent geherrscht haben muss. Er hatte – bis auf die Fischmarotte – zu einer fernöstlichen Gelassenheit gefunden.

Solche Patienten sieht man als Arzt so selten, sie müssten unter Artenschutz gestellt werden. Die meisten rauchen, essen und saufen weiter wie zuvor und halten sich für einen Philosophen, wenn sie sagen, dass man ja an irgendetwas sterben müsse. Jeder kennt diese frisch operierten Patienten, die sich im Bademantel vor der Klinikpforte treffen, sich kaum an ihren Infusionsständern festhalten können, aber durch ihre Kehlkopfkanüle an einer Zigarette saugen.

Er war anders, er war mittlerweile gesünder als vor dem Infarkt. In dem Maße, in dem sein EKG immer erfreulichere Sprünge vollführte, zeigte seine Karriere allerdings Seitwärtsbewegungen, wie es in der Managementliteratur heißen würde. Er wurde von seinem Arbeitgeber auf immer unwichtigere Positionen versetzt. Während er alles dafür tat, dem Betrieb seine Arbeitskraft zu erhalten, tat der Betrieb vieles dafür, seine Arbeit überflüssig zu machen. Manchmal blieb ihm nur noch ein fischiges Aufstoßen. Vor kurzem ist er in den Vorruhestand gegangen, mit einer zweihundertprozentigen Leistungsfähigkeit im Vergleich zu seinen Altersgenossen, wie er stolz berichtete.

Was sollte ich dem jüngeren Kollegen sagen, der jetzt auf meinem gelben Sofa saß? Blieb wirklich nur die Wahl zwischen Karriereknick oder Koronarsklerose? Wir gingen in ein Fischrestaurant und blieben anschließend lange vor einem Fahrradgeschäft stehen.

ARZT MIT INTERESSENKONFLIKT

Kommt ein Journalist zum Arzt. Sagt der Journalist: »Mir tut es überall weh, ich habe Fieber und fühle mich furchtbar krank.« Sagt der Arzt: »Sie haben aber einen interessanten Beruf.« So oder ähnlich geht es derzeit vielen Kollegen, wenn sie mit rauhen Bronchien, fiebrigem Kopf oder verdrehtem Knie einen Arzt aufsuchen. In jüngster Zeit häufen sich auf meinem gelben Sofa die Klagen darüber, dass die Ärzte zwar alle Zeit der Welt zu haben scheinen, nach einem kurzen Gespräch über die Beschwerden aber über die Zeitung, die weltpolitische Lage, die Finanzkrise oder darüber reden wollen, wie die Umgehungsstraße in der Nachbarschaft zu verhindern sei.

Zuletzt ging es dem Lieblingskollegen mit den chronischen Kniebeschwerden so. Er war bei einem berüchtigten Orthopäden, der ihn sofort in ein Gespräch über das jüngste Konjunkturpaket verwickelte. Zudem gab er ihm noch Botschaften für den Kollegen X aus dem Politikressort, Kollegen Y aus der Wirtschaft und den Kollegen Z aus dem Sport mit. Gegen Ende fühlte er sich als Simulant, weil seine Knieschmerzen nicht mehr angesprochen wurden und er ratlos die Praxis verließ.

Geht das anderen Berufsgruppen auch so? Kann man nicht auf eine menschenwürdige medizinische Behandlung hoffen, wenn man einen Job hat, für den sich der Arzt interessiert? Wird der Investmentbanker von seinem Arzt nach Anlagetipps gefragt, der Rechtsanwalt um Beistand in einem Kunstfehlerprozess gebeten, der Makler nach gut gelegenen Immobilien ausgehorcht und der Metzger nach seiner Bezugsquelle für das Rinderfilet?

Eigentlich dachte man beim Arzt bisher: Endlich einer, der mich nur wegen meines Körpers will.

Offenbar hat sich das geändert, auch Ärzte müssen sehen, wo sie bleiben. Ihr Interesse für bestimmte Berufsgruppen erklärt wohl auch die Verachtung, die sie zumeist für Lehrer übrighaben. Ist er nicht zufällig Lehrer der eigenen Kinder, wirft der Pädagoge schließlich wenig Nutzen für Ärzte ab. Er will seinen Burn-out bestätigt haben und taugt selten als Vermittler von günstigen Darlehen oder Villen in Bestlage. Lehrer müssen sich aber auch vorwerfen lassen, dass sie selten erkannt haben, was Menschen mit anderen uninteressanten Berufen längst wissen: Ist der Job nicht spannend genug, sollte der Arzt mit Weinpräsenten und anderen Naturalien gnädig gestimmt werden.

Kürzlich musste ich selbst zum Arzt. Ich hatte Gliederschmerzen, einen lästigen Hustenreiz, Fieber und brauchte eine Krankschreibung. Der Doktor fragte kurz nach meinen Symptomen, dann nach dem Arbeitgeber. Anschließend war er nicht mehr zu halten. Ich bekam einen Vortrag über die Gesundheitsreform zu hören und über die Kassenärztliche Vereinigung. Stolz berichtete er, dass er weniger Medikamente verschreiben würde als seine Kollegen.

Zum Schluss kam er noch auf die Orthopäden zu sprechen, nach Einschätzung vieler nicht orthopädischer Ärzte die letzten natürlichen Feinde des Menschen. Er würde ja keine Zwei-Minuten-Medizin machen, so wie viele Orthopäden am Nachmittag, sondern sich die Zeit für Patienten nehmen, die nötig ist, sagte mein Arzt. Er hätte sagen sollen, dass er sich die Zeit nimmt, die er braucht. Denn in der Tat saß ich jetzt schon fast 40 Minuten im Sprechzimmer des Arztes – zwei Minuten lang hatte er sich um meine Beschwerden gekümmert und die Krankschreibung ausgefüllt.

»Orthopäden haben ja überhaupt keine Zeit für die Kranken und machen nicht mal einen Hemdknopf auf, sondern schieben die Leute zum Röntgen oder in die Röhre ab«, schimpfte er.

»Darüber müssen Sie mal schreiben.« Ich verabschiedete mich und wollte darüber nachdenken, sagte ich. Erst jetzt merkte ich, dass ich noch immer die Jacke anhatte.

BEGRENZTE HALTBARKEIT

An den letzten Tagen des Jahres können sich viele Menschen nicht zwischen Weihnachtsdepression und vorgezogenem Jahreswechselkater entscheiden und wählen daher beide Optionen. Zwischendurch sind sie mal alkoholisiert, mal melancholisch, verwechseln das bei Kerzenlicht und Lebkuchen aber gerne mit einer besinnlichen Stimmung. In einer solch trübseligen Situation neigt der Mensch zu endzeitlichen Rückblicken, um sich den Rest zu geben. Er schaut auf das Jahr, die Liebe, das Leben und sieht, dass nicht alles gut war.

»Ich bin jetzt 42,9 Jahre alt«, sagt der Kollege, nachdem er sich auf mein gelbes Sofa gesetzt hat, zur Begrüßung. Das ist eine eher ungewöhnliche Altersangabe, die er aber ungefragt erläutert. »Das ist exakt das Durchschnittsalter, in dem die Deutschen am tiefsten in der Midlife-Crisis stecken und es ihnen am schlechtesten geht – meine große Zeit.« Er hatte das irgendwo gelesen und ist von dem miserablen Mittelwert so fasziniert, weil er nur für ihn gemacht zu sein scheint. Die zuversichtliche Behauptung der Krisenforscher, wonach es danach wieder aufwärtsginge, hält er für plumpe wissenschaftliche Augenwischerei. Wenn die Leute mit 70 wieder so glücklich seien wie mit 20, würde das allein daran liegen, dass nur die Glücklichen so lange überleben. Er fühlt sich alt und verbraucht.

Nach und nach berichtet der Kollege von den Schicksalsschlägen, die ihm in jüngster Zeit besonders zugesetzt haben. Ein enger Freund musste ins Krankenhaus, es war nur ein harmloser Routineeingriff. Alles verlief reibungslos, aber kurz vor der Entlassung hatte der Arzt dem Freund noch mitgeteilt, dass dieser

»deutlich vorgealtert« sei. Sein biologisches Alter würde überhaupt nicht dem kalendarischen entsprechen.

Es ist schwer vorzustellen, wie Ärzte eine Voralterung diagnostizieren können. Gibt es ein Schild auf jedem Organ, auf dem das Mindesthaltbarkeitsdatum fett aufgedruckt ist – die Zeit, die noch bleibt? 15 Jahre für das Herz, 30 für die Nieren, aber die Leber hält höchstens noch drei Jahre durch? Sind das biologisch abbaubare Etiketten? Und wie ist das mit dem Gehirn? Manche Menschen benutzen es kaum. Hält es dadurch etwa länger?

Der Kollege hat aber noch andere Sorgen. Sein Vater ist vor kurzem in die Klinik eingeliefert worden. Zwar geht es ihm mittlerweile besser, aber der Arzt scheint zu jenen Teilleistungsexperten zu gehören, die für jedes Organ ein Zeugnis ausstellen. Jedenfalls hat er den Kollegen bei dessen letztem Besuch in der Klinik zur Seite genommen und ihm gesagt: »Für den Moment ist bei Ihrem Vater zwar alles in Ordnung, aber lange geht das nicht gut – er ist ein Gefäßwrack.«

Müssen Ärzte so sein? Müssen sie den körperlichen Schiffbruch eines Menschen so unbarmherzig beim Namen nennen? Es reicht doch, dass sie durch ihr oft vergebliches Tun anschaulich vermitteln, dass das Leben endlich ist. Die Funktionsdauer eines jeden Organs müssen sie einem nicht auch noch mitteilen. Bei dem Kollegen haben diese Angaben schließlich dazu geführt, dass er sich krank gegoogelt hat. Er weiß mittlerweile, dass die Scharfstellung seiner Augenlinse im Alter von 16 Jahren am besten war und seine Potenz mit Anfang 20 ihren Höhepunkt erreicht hatte. Sei es die Filterleistung seiner Nierenkanälchen, die Sauerstoffversorgung der Zehenspitzen, die Elastizität seiner Venenklappen – alles geht bergab. Er fühlt sich wie die Titanic auf Grund.

Er will auswandern, in die Sonne, ins Licht. Vielleicht kann er die Chefredaktion von einer Korrespondentenstelle auf den Fidschi-Inseln überzeugen. Er muss weg, sofort. Ob das eine gute

Idee ist? Schließlich hat die wissenschaftliche Auswertung der Midlife-Crisis auch ergeben, dass weltweit der Tiefpunkt der Stimmung mit 44 Jahren erreicht ist.

DER ANGEPASSTE HERR

Man kann so viel falsch machen. Während der letzten Urlaubstage war das dem Kollegen klargeworden. Sein fester Vorsatz für das neue Jahr lautete daher: Mehr richtig machen. Er lebte seit Jahren allein und für die Arbeit. Jetzt lernte er langsam, auch mal an sich zu denken. Er saß auf meinem gelben Sofa, aber zunächst blieb unklar, was er dort wollte. Krank war er nicht. Eine Arztempfehlung brauchte er auch nicht – ebenso wenig wie ein Gespräch darüber, wie schlecht es den anderen ging. Die Unterhaltung begann stockend.

»Das Sofa ist zu hart«, sagte er plötzlich, nachdem er mehrmals auf dem gelben Polster herumgedrückt und sich an der Rückenlehne gescheuert hatte wie eine Sau am Baumstamm. So hatte noch niemand mit der Schilderung seiner Beschwerden begonnen. Es dauerte, bis er eine ruhige Sitzposition eingenommen hatte. »Ich werde mir bessere Stühle besorgen«, sagte er dann unvermittelt. »Ich verbringe schließlich mein halbes Leben darauf.« Er hatte zwar keine Beschwerden, aber er wollte so schnell wie möglich neue Stühle für zu Hause und fürs Büro – Sitzmöbel, die genau an seine Maße angepasst waren.

Wenige Tage später begann eine schwierige Zeit für uns. Der Kollege war für die Redaktionsarbeit nicht mehr zu gebrauchen. Zunächst sah man ihn nur noch, wie er die Rundungen seiner Wirbelsäule exakt in die Rückenschalen seines neuen Stuhls zu pressen versuchte. Hatte er nach vergeblichem Herumrutschen endlich die seiner Meinung nach ideale Sitzposition erreicht, lächelte er zufrieden. Doch hatte diese zurückgelehnte Haltung den Nachteil, dass der Kollege die Computertastatur nicht mehr erreichte.

Die Haustechniker mussten seinen Schreibtisch verstellen. Die Platte wurde schräg montiert, so dass sie sich zur Wand hin nach unten neigte. Der Kollege konnte mit seinem ergonomischen Stuhl nun zwar halb unter den Schreibtisch fahren, um die Tastatur zu bedienen. Allerdings schlief er jetzt immer ein. Als er sich den neuen Stuhl ausgesucht hatte, muss ihm das Kleingedruckte entgangen sein: Das Modell war nie in Serie produziert worden. Es stammte aus einem Schlaflabor und passte sich so gut an den Körper an, dass sich alle Muskelgruppen total entspannten und jeder, der Platz nahm, spätestens nach einer Viertelstunde einschlief. Die meisten Arbeitgeber hatten sich trotz der unbestrittenen ergonomischen Vorteile gegen den Stuhl entschieden.

Nach hartnäckigem Widerstand und nur unter der Zusicherung, dass er den Schlafstuhl zu Hause verwenden dürfe, nahm er wieder auf einem konventionellen Bürostuhl Platz. Damit war die versuchte Neumöblierung des Kollegen aber noch nicht abgeschlossen. Ein Bekannter hatte ihm von einem »Vitalbett« vorgeschwärmt und den entsprechenden Prospekt mitgebracht. Das Bett versprach »die Antwort auf die Problemstellungen der Liegebiologie«. Es war ein Kreuz. Bisher hatte er nicht mal geahnt, vor welche Probleme seine Liegebiologie ihn stellte. Er musste unbedingt bald zur Probe liegen, schließlich war das Vitalbett angeblich zu einer »dreidimensionalen Druckverteilung« fähig, die »zu einer noch nie dagewesenen Entlastung des Körpers« führen würde. Man konnte darauf also offenbar liegebiologisch nicht nur flach, sondern auch seitlich lagern.

Obwohl er zuvor sogar eine Liegeanalyse anfertigen ließ, stellte sich in dem neuen Bett kein Schlafkomfort ein. Der Kollege wurde zu einem liegebiologischen Problemfall und hatte bald so viele Druckstellen und Augenringe, dass man häusliche Gewalt hätte vermuten können. Meistens war er bei der Arbeit jetzt so müde, dass er sogar auf den härtesten Stühlen einnickte. Es dauerte, bis er sich wieder ein herkömmliches Bett besorgt hatte. So lange fand er zu Hause einzig Erholung in seinem ergonomischen Schlafstuhl.

IMMER AUF DEM SPRUNG

Meistens kommen die Patienten ja von allein auf mein gelbes Sofa. Manchmal, besonders wenn es um Beschwerden aus den sensiblen Themenfeldern Haut, Psyche oder Unterleib geht, fragen sie um Rat für einen guten Freund oder einen Verwandten. Dann merkt man aber schnell, dass sie selbst es sind, die Hilfe brauchen. In diesem Fall war es anders. Mehrere Kolleginnen und Kollegen hatten mich in letzter Zeit angesprochen und sich auf mein gelbes Sofa gesetzt, besorgt, beunruhigt, irritiert. Sie hatten keine Beschwerden, fanden aber alle, dass ER dringend Behandlung bräuchte und man etwas tun müsse.

Das war ungewöhnlich – auffällige Mitarbeiter gibt es schließlich viele in der Redaktion. Einer intoniert in der großen Konferenz schon mal einen Schlager von Lena Valaitis. Ein anderer bürstet sich permanent die Haare. Etliche bringen diverse Grunz-, Räusper- und Hüstellaute hervor, bevor sie etwas sagen. Wieder eine andere Gruppe klingt ähnlich verrotzt, stammt aber lediglich aus Niederbayern. Das alles ist je nach Standpunkt nervig oder unterhaltsam, hat aber kaum Krankheitswert, wenn man von dem pathologisch übersteigerten Selbstbewusstsein mancher Kollegen einmal absieht.

Jetzt aber mehrten sich die Klagen. Derb ausgedrückt hat sich der Kollege schon immer. Neuerdings wurde er jedoch ausfallender als sonst. Kaum ein Satz, in dem kein obszönes oder ordinäres Wort vorkam. Eine Praktikantin hat die Flüche schon als sexuelle Belästigung empfunden, obwohl sie eher ungezielt an das Weltganze gerichtet waren. Aus medizinischer Sicht könnte man ein Gilles-de-la-Tourette-Syndrom vermuten. Das von einem französischen Nervenarzt 1885 erstmals beschriebene Leiden ist durch diverse Ticks gekennzeichnet. Betroffene führen plötzlich überschießende Bewegungen aus und benutzen Fäkalsprache an besonders unpassenden Orten, etwa in der Kirche oder in der Redaktionskonferenz.

Gut, Kollegen mit Koprolalie, wie Ärzte es nennen, wenn jemand Begriffe verwendet, die Dreijährige am Beginn ihrer Sauberkeitserziehung benutzen, gibt es in der Redaktion einige. Das Tourette-Syndrom kann zwar erheblichen Leidensdruck erzeugen, aber einige Betroffene haben ihr Leben gut gemeistert. Tim Howard leidet daran, nutzt seine Bewegungsimpulse aber als Torwart des FC Everton und des US-Teams. Im Bekanntenkreis geht sogar ein Frisör mit dieser Erkrankung seinem Beruf nach – der Mann hantiert immerhin mit Scheren, kann sich aber rechtzeitig abwenden, wenn seine Hand zuckt und er unflätige Bemerkungen ausspuckt. Die Kunden kommen trotzdem gerne zu ihm; andere Frisöre erzählen auch nichts Substanzielleres.

Den Kollegen in der Redaktion plagt wohl kein neurologischer Tick, sondern eine berufsbedingte Sprunghaftigkeit. Sein Verhalten erinnert an die Symptome, die in der Fachliteratur unter dem Begriff »Jumping Frenchmen of Maine« bekannt geworden sind. Beschrieben wurden sie 1878, nachdem frankokanadische Holzfäller, die lange einsam an einem See im US-Bundesstaat Maine unter ihresgleichen gelebt hatten, auffällig wurden. Sie sprangen immer wieder plötzlich auf, wiederholten jeden Ausdruck, den man ihnen zurief, und schienen eine Menge überflüssiger körperlicher Energie loswerden zu müssen.

Nach heutiger Auffassung war das Leiden rein psychischer Natur, eine Art Lagerkoller. So muss man sich das bei dem Kollegen wohl auch vorstellen. Manchmal will er wegrennen, aber dann reicht es nur zu hochfahrenden Bewegungen und derben Flüchen. Es gibt ja Krankheiten, die eine bestimmte Berufswahl nahelegen. Sportler, Musiker und Medienmenschen haben wenigstens das Glück, aus ihren Macken etwas machen zu können. Intern wird der Kollege nur noch »Jumping German of Newspaper« genannt.

EIN STICH FÜRS LEBEN

Sie war rundherum ein gehemmter Typ. Besonders wenn sie locker sein wollte, wirkte sie so was von blockiert. Man mochte sie sowieso kaum ansprechen. Stand man aber mit ihr im Fahrstuhl oder in der S-Bahn, war es peinlicher als mit anderen Kollegen. Selbst der harmloseste Smalltalk verlief stockend. Sie war weitgehend humorfrei, eine Gefangene ihrer selbst. Irgendwann musste es aber auch bei ihr mal raus. Dann entluden sich ihre aufgestauten Emotionen in unkontrollierten Wutausbrüchen, in Konferenzen war sie gefürchtet. Ein jähzorniger Gott, der im Affekt Blitze schleudert, war nichts dagegen.

Viele Menschen fürchteten, näher mit ihr zu tun haben zu müssen. Eines Tages stand sie plötzlich vor meinem gelben Sofa. Sie traute sich nicht, sich zu setzen. Dann setzte sie sich doch. Sie hatte Verstopfung und fragte nach natürlicher Abhilfe. Zudem fühlte sie sich »vergiftet« und hatte das Bedürfnis nach »innerer Reinigung«. Auch hatte sie eingesehen, dass sie etwas für ihren Gefühlshaushalt tun musste, wenn er jemals in wohltemperierten Bahnen verlaufen sollte. Sie hatte sich allerdings nicht für eine Religionsgemeinschaft, sondern für eine Therapierichtung entschieden. Nachahmer kann man nur warnen, es sei denn, sie sind Esoteriker oder Masochisten.

Sie hatte sich einem »ausleitenden Verfahren« hingegeben, einer Methode, der Schulmediziner geradeheraus mit einem Naserümpfen begegnen. Statt sich aber an medizinhistorisch geadelte Techniken wie Schröpfen oder Aderlass zu halten oder ein paar Brech- oder Abführmittel zu nehmen, war sie auf die zu Recht kaum bekannte Baunscheidttherapie verfallen. Die Kollegin war nicht dumm und zu eigener Recherche fähig. Wie sie sich dennoch für ein Heilverfahren erwärmen konnte, das im 19. Jahrhundert von einem Ackerbaugeräthehersteller und Mechaniker erfunden worden war, blieb mir rätselhaft. Gut, der Mann hatte zwar die Muttermilchpumpe und das Gewehrvisier entscheidend weiterentwickelt. Aber war ihr tatsächlich entgangen, dass Carl Baunscheidt das Folterinstrument, das er 1848 für den therapeutischen Gebrauch vorstellte, erst »Mücke« und dann »Lebenswecker« genannt hatte? Ein humorbegabter Mensch würde doch Zweifel bekommen, bevor er so was an seine Haut lässt. Allenfalls für Ärzte in Guantanamo mochte das Gerät von beruflichem Interesse sein.

Der mit 30 Stahlnadeln bewehrte Pinsel funktioniert nach dem Prinzip: »Schön, wenn der Schmerz nachlässt«. Am Rücken oder anderswo wird er in die Haut gestoßen. Damit auch möglichst viel Schmerz nachlassen kann, werden reizende Öle und Essenzen zur akuten Wundverschlimmerung beigegeben. Baunscheidt selbst hatte Erfahrungen mit Mückengift gesammelt. Für den großflächigen Einsatz stehen auch Nadelwalzen zur Verfügung. Man kennt den Hang zur Hautpenetration ja aus der Akupunktur, obgleich die Technik harte Rückschläge hinnehmen musste. Jahrtausendelang haben die Chinesen Meridiane zu treffen versucht und ein kompliziertes Bahnengeflecht im Körper vermutet. Mittlerweile weiß man, dass es egal ist, wohin gepikst wird.

Als die Kollegin erneut auf mein gelbes Sofa kam, hatte sie andere Sorgen. Die Verstopfung war weg, aber sie hatte den »Lebenswecker« an ihrer Hand ausprobiert. Die sah jetzt aus, als ob sie bei dem Halbstarkenspiel gelitten hätte, bei dem es darum geht, mit einem Messer die Fingerzwischenräume zu treffen – dazwischen, nicht hinein. Sie fragte nach einer schonenderen Behandlung. Nach kurzer Rücksprache waren sich die Kollegen einig, unbürokratisch zu helfen und kollektiv therapeutisch tätig zu werden. Ihre Kollegin brauchte offensichtlich ab und zu ein paar Schmerzreize. Sie beschlossen daher, ihr regelmäßig auf den Lebenswecker zu gehen und mehrmals täglich gezielt verbale Nadelstiche zu versetzen.

LUST AUF MEHR

Der Speiseplan tendiert zum Kleinteiligen. Einmal B124, aber ohne Gurken und Benzoesäure, bitte. Auf den Tellern wimmelt es von Omega-3-Fettsäuren, Isoflavonoiden, Carotinoiden und Tausenden bedrohlich klingenden Substanzen, die verdächtig oft auf -iden enden. Appetit macht das nicht. Vollständige Lebensmittel scheinen hingegen bedrohlich zu sein. Darf man überhaupt essen, was sich nur mit Mühe in seine molekularen Bestandteile aufspalten lässt?

Apfelsinen zum Beispiel. Weiß denn niemand, wie gefährlich Apfelsinen sind? Isst man zu viele, kann das zum akuten Darmverschluss führen. Das faserige Fruchtfleisch bläht sich im Darm auf und kann ihn verstopfen – steht in jedem Chirurgiebuch. Man muss allerdings mindestens zwei bis drei Kilogramm Orangen auf einmal essen, bis es so weit kommt – das hat selbst Onkel Dittmeyer zu seinen besten Zeiten nicht geschafft.

Auch Lakritze ist gefährlich. Nicht für die Zähne, das sind Kollateralschäden. Die auch als Bärendreck bezeichnete Süßigkeit kann vielmehr den Kaliumhaushalt und die Nierenleistung beeinträchtigen. Zumindest, wenn man drei, vier Tüten hintereinander verschlingt. Verantwortungsvolle Menschen wissen von solchen Gefahren. Kürzlich wollte ein Kollege, der ohne Süßigkeiten nicht leben kann, wissen, ob es auch für Marmorkuchen einen Grenzwert gibt und ob der nach oben verschoben werden kann, wenn der Marmorkuchen mit Milchkaffee verdünnt wird.

Verdünnt – schönes Stichwort. Denn immer mehr Menschen saufen sich zu Tode. Mit Wasser. Sie verdünnen ihr Blut, bis die

Mineralien verrückt spielen. Kaum eine Studentin ohne Nuckelflasche im Seminar. Selbst Marathonläufer straucheln ins Delirium, weil sie trinken, »bevor der Durst kommt«, und dann ihre Elektrolyte entgleisen. Warum gibt es wohl den Durst? Man soll auf den Körper hören und ihn nicht bevormunden.

Wenigstens für den Verzehr von Kaugummis kann man Entwarnung geben. Es heißt, die verkleben den Magen, wenn man sie schluckt. Stimmt auch, allerdings muss man mindestens 1,5 Kilogramm hinunterwürgen, damit der Magen zugekleistert ist. Das ist selbst bei Menschen, die sich schlecht von etwas trennen können, unwahrscheinlich.

Umgekehrt gibt es natürlich eine Menge guter Dinge, die man zu sich nehmen kann. Walnüsse haben beispielsweise einen immensen gesundheitlichen Nutzen. Sie senken den Cholesterinspiegel und damit womöglich das Infarktrisiko. Man muss nur täglich mindestens 300 Gramm zu sich nehmen und alle anderen Fette durch Walnüsse ersetzen, damit die Wirkung einsetzt. Ähnliches gilt für Bananen. In ihnen ist Serotonin enthalten, ein molekularer Muntermacher, der als Glückshormon gilt. Allerdings haben es auch Probanden, die nicht den ganzen Tag Walnüsse knacken mussten, nicht geschafft, so viele Bananen zu schälen und zu essen, dass sich ihr Serotoninspiegel nennenswert erhöhte.

Bevor man seine Lebensgewohnheiten umstellt, sollte man sich besser bei einem Chemiker seiner Wahl erkundigen, ob das Zeug auch ankommt, wo es hinsoll. Kollagen ist zwar der Stoff, der die Haut elastisch macht. Ihn mit einer teuren Creme von außen draufzupacken bringt aber nichts, da Kollagenmoleküle zu groß sind, um die Haut zu durchdringen.

Bleibt noch Senf. Der soll dem Volksglauben zufolge dumm machen. Letztens fragte mich ein Mann, ob es stimme, dass Senf in Wirklichkeit unbedenklich sei. Er müsse ihn aus gesundheitlichen Gründen in rauhen Mengen zu sich nehmen. Kiloweise. Ja, er könne ihn unbesorgt essen. Damit gab der Mann sich nicht zufrieden. Er wollte einen Grenzwert. Erst später fiel mir ein, dass ich vergessen hatte zu fragen, welchen gesundheitlichen Grund es geben könnte, kiloweise Senf zu sich zu nehmen.

SCHMERZ AUF AUGENHÖHE

Manche Ärzte sind besonders einfühlsam. Sie wissen, wie es ihren Patienten geht, können sich gut in sie hineinversetzen. Stark ausgeprägt ist diese Haltung unter den Neurologen. Sie gelten – neben Kinderärzten und Internisten – sowieso als die Sensibelchen unter den Medizinern. Wie weit ihre Empathie geht, machen aber erst aktuelle Forschungsergebnisse deutlich. Neurologen aus Münster haben gerade entdeckt, dass mehr als 30 Prozent aller Neurologen im Laufe ihres Lebens an Migräne leiden. Unter Neurologen, die sich für Kopfschmerzexperten halten, sind es sogar 50 Prozent. In der Allgemeinbevölkerung leiden hingegen nur etwa 15 Prozent der Menschen an Migräne. Diese Ärzte machen sich wirklich einen Kopf!

Die naheliegende Erklärung wäre, dass jeder das tut, was er gut kann oder oft und gerne macht. Ist bei uns in der Redaktion ja auch so: Die Kollegen aus dem Reiseressort reisen viel, die aus dem Ressort Wissen wissen was, die aus dem Politikressort verstehen die Tagesschau. Aber das wäre zu einfach. Unter Dermatologen finden sich nicht besonders viele Ärzte mit Aknenarben, und die Gynäkologen sind auch nicht übermäßig kinderreich.

Der Leiter der Untersuchung sieht die Berufswahl der Neurologen zwar als eine Art Selbstfindungstrip: Wer viel Kopfschmerzen hat, wird eher Kopfschmerzexperte. Wahrscheinlicher ist aber eine Ko-Evolution von Arzt und Patient. Mit der Zeit gleicht man sich einander an. Manche Hundehalter kopieren die Frisur ihrer Vierbeiner. Langjährige Ehepaare stimmen ihr Streitverhalten so aufeinander ab, dass sie nie mehr aufhören können. Und der Dialog zwischen Arzt und Patient findet eben eher auf

Augenhöhe statt, wenn beide Seiten über ähnliche Beschwerden klagen.

Der wahre Grund für die Leiden der Neurologen ist aber wohl noch ein anderer: Besser als jeder andere kennen sie die Diagnosekriterien für Migräne. Wer jeden Tag davon hört, bekommt sie irgendwann selbst, auch wenn sie nicht ansteckend ist. Wenn Patienten davon erzählen, was ihre Beschwerden auslöst – Käse? Rotwein? Grelles Licht? –, achtet man als Arzt mit der Zeit selbst darauf, ob sich nicht die Symptome einstellen, wenn unter der Flutlichtbeleuchtung im Edelrestaurant zur Käseplatte der Brunello entkorkt wird. Aah, es zieht schon ein bisschen hinter der Schläfe. Vereinzelt sieht man schon Menschen, die nur mit Sonnenbrille den »Gruß aus der Küche« entgegennehmen.

Selbstbeobachtung kann hier Wunderdinge vollbringen. Wer sich lange genug fragt, ob der Boden unter seinen Füßen sicher ist, dem wird tatsächlich schwindelig. Wer Angst hat, zu ersticken, kann so lange nach Luft ringen, bis er Atemnot bekommt. Und wer nicht weiß, wo ihm der Kopf steht, der wird mit etwas Übung recht schnell Spannungskopfschmerzen bekommen.

Wahrscheinlich gefallen sich manche Neurologen auch in ihrem Leid. Wie sonst ist es zu erklären, dass nur 50 Prozent der geplagten Mediziner die Medikamente einnehmen, die sie ihren Patienten aber zu 100 Prozent empfehlen? Entweder glauben sie nicht, dass das Zeug wirkt, hoffen aber bei ihren Patienten auf einen Placeboeffekt. Oder sie spekulieren auf den sekundären Krankheitsgewinn – das heißt, sie erhoffen sich Trost und Anerkennung von Praxismitarbeitern, Partnern und Patienten. Auch ein Arzt möchte schließlich vor allem geliebt werden.

Noch schlimmer dran als die Neurologen ist allerdings eine andere Berufsgruppe. Die Rede ist von Neurologen aus Niedersachsen. Die Techniker Krankenkasse Hannover hat gerade ermittelt, dass jeder zweite Niedersachse regelmäßig an Kopfschmerzen leidet, was sich spielend leicht erklären ließe, wenn alle Niedersachsen Neurologen wären.

LICHTBEDINGTE ZWEIERHYSTERIE

Ein Kollege, der einen Sinn für die Abgründe des Lebens hat, erzählte neulich auf dem gelben Sofa von einem Filmfestival. Den Titel habe ich vergessen, aber es muss sich um ein Festival der schlechtesten Filme aller Zeiten gehandelt haben. Die Filme, die gezeigt wurden, waren nicht alle inhaltlich schlecht, bei manchen hat es lediglich am Geld gefehlt. So erzählte der Kollege von einem Film, bei dem es um einen Angriff von Außerirdischen ging. Da das Budget für die Produktion klein war, hatten die Außerirdischen Bärenkostüme und alte Taucherhelme aus einem Theaterfundus an, was nicht der standesgemäßen Bekleidung von Außerirdischen entspricht, aber Kosten sparen half.

Die Organisatoren des Festivals waren auf eine originelle Idee gekommen, um die Besucher in möglichst viele Filme zu locken: Am Anfang mussten sie relativ viel Eintritt bezahlen, den sie aber sukzessive erstattet bekamen. Je mehr schlechte Filme sie ansahen und je näher bis zum Ende sie durchhielten, desto mehr Geld gab es zurück. Der Kollege hielt zwar sehr lange durch, war anschließend aber mehrere Tage lang lichtempfindlich und äußerst reizbar.

Vielleicht war das die richtige Vorbereitung für seine Reportage über eine besondere Gruppe Menschen – die Tunnelopfer. Tunnelopfern macht der Abstand der Deckenlichter in Unterführungen zu schaffen. Sind die Leuchtröhren zu nah hintereinander angeordnet, können Autofahrer bei entsprechender Geschwindigkeit durch das Flackern irritiert werden. Es gibt vereinzelte Fallberichte in der Fachliteratur, in denen sogar von epileptischen Anfällen die Rede ist – obwohl bestimmt schon mehr Menschen durch Xenon-Scheinwerfer irritiert wurden, mit denen hyperaktive Linksdrängler so gerne blenden.

Ärzte kennen das Phänomen der sogenannten Fotosensibilität auch von Jugendlichen mit Tunnelblick, bei denen Stroboskopblitze in Diskotheken einen epileptischen Anfall auslösen können. Hysteriebegabte Menschen schaffen es, nicht nur vor der Verwahrlosung der Jugend in Diskotheken zu warnen, sondern auch bei jedem neuen Tunnelbau eine öffentliche Diskussion darüber anzuzetteln, ob die geplante Unterführung eventuell das Epilepsierisiko für die Bevölkerung erhöhen könnte.

Wer an Massenhysterien mit epileptischem Potential interessiert ist, sollte sich ein Vorbild an Japan nehmen. Dort kamen 1996 die Pokémon auf den Markt. Der Name ist die Abkürzung für Pocket Monster. Als 1997 eine Zeichentrickserie mit den Figuren im Fernsehen lief, gab es Berichte über Kinder, die epileptische Anfälle bekamen. Daraufhin suchten innerhalb weniger Tage mehr als 12 000 Eltern mit ihren Kindern den Arzt auf. Den Eltern waren die knuddeligen Phantasiewesen, die auch ohne Bärenfell außerirdisch aussahen, von Anfang an suspekt. Später zeigte sich, dass weniger als ein Promille der japanischen Schulkinder fotosensibel waren und deshalb schnelle Bild- und Lichtfolgen einen Anfall bei ihnen auslösen könnten. Unter den Kindern, die die Pokémon angeschaut hatten, waren sogar unterdurchschnittlich wenige davon betroffen.

Der Kollege mit der Vorliebe für menschliche Abgründe erzählte kürzlich von einer lichtbedingten Zweierhysterie, in die er regelmäßig mit seiner Liebsten gerät. Die beiden streiten sich allabendlich um ihre Wohnzimmerbeleuchtung. Sie möchte gleißendes Flutlicht, wenn sie auf dem Sofa sitzt und liest. Er hat lieber das, was Sachsen als »Muschebubu« bezeichnen – ein Licht, das »gut entspannen, munkeln und Geheimnisse teilen lässt«, wie ostdeutsche Wörterbücher erklären. Dem Manne kann geholfen werden. Eine Aufklärung über die Gefahren übermäßiger Lichtreize – schon kann er seine Liebste vor vermeidbaren Epilepsierisiken bewahren, »Kuschelrock 3« auflegen und die Stehlampe dimmen.

DAS SCHWEIGEN DER ORGANE

Gerade kam der Lieblingskollege und klagte mit großem Weh und Ach. Schwerfälliger als sonst ließ er sich auf mein gelbes Sofa plumpsen. Er bewegte sich, als wäre er Anfang 40, dabei ist er höchstens Mitte 30. Am Wochenende zuvor war er mit der Frau snowboarden gewesen, und er sagte hinterher, was alle Menschen sagen, die ihren Bürokörper plötzlich ungewohnten Belastungen ausgesetzt haben: »Ich spüre Muskeln, von denen wusste ich gar nicht, dass ich sie habe.« Ich wollte höflich bleiben und fragte ihn nicht, welche Muskeln außer Bizeps, Trizeps und dem großen Popomuskel er noch mit Vornamen kennen würde.

Der Philosoph Hans-Georg Gadamer spricht in seinem Werk von der »Verborgenheit der Gesundheit«, was primär nicht als Kritik am Gesundheitsfonds gedacht war. Vielmehr soll es bedeuten, dass Gesundheit und Wohlbefinden zumeist nur in einem Zustand unbeschwerter Selbstvergessenheit erlebt werden können. Wer sich hingegen ständig fragt, ob er gesund ist, wer Apothekenheftchen sammelt und permanent vorsorgen oder etwas anderes für seine Gesundheit tun will, ist auf dem besten Weg, seine Gesundheit aufs Spiel zu setzen. Gesundheit ist flüchtig und schwer greifbar wie Glück und Liebe. Zweifelt man daran, ob man gerade glücklich, verliebt oder eben gesund ist, ist man es meist schon nicht mehr. Insofern können wahre Gesundheitsfreunde ihre Muskeln schon mal links liegen lassen.

Das »Schweigen der Organe«, wie ein französischer Chirurg Gesundheit umschrieben hat, ist allerdings nicht für alle Menschen gut auszuhalten. Der Lieblingskollege beispielsweise schafft es kaum einmal, seinen Körper nicht zu beachten. Er braucht gelegentlich diesen dauernden dumpfen Druckschmerz, um sich seiner Existenz zu vergewissern. »Erst da ich sterbe, spür ich, dass ich bin«, sagt der Held Claudio in Hugo von Hofmannsthals frühem Drama »Der Tor und der Tod«. So weit würde der Kollege zwar noch nicht gehen, aber er dröhnt sich regelmäßig die Birne zu, um zumindest seinen Kopf mal wieder richtig zu fühlen. Erst im Zustand des Katers spürt er, dass da etwas ist. Und wenn der Schädel ausnahmsweise keine Beschwerden meldet, tut ihm dafür das linke Knie furchtbar weh.

Die meisten Menschen haben keine Wahrnehmung dafür, was sie körperlich so mit sich herumschleppen. Mit der Prostata machen sich die meisten Männer beispielsweise erst vertraut, wenn sie Beschwerden verursacht und der Harnstrahl beim Pieseln die Schuhspitzen benetzt. Viele Männer wünschen sich die Prostata dann weg, und der naturwissenschaftlich beschlagene Stehpinkler fragt sich, welches evolutionäre Ziel dahinterstecken könnte, wenn im Alter die Vorsteherdrüse zwickt, die Zähne faulig werden und die Gelenke anschwellen. Die Körperteile scheinen alle mit einem anderen Haltbarkeitsdatum versehen zu sein, sonst würden sie ja zur gleichen Zeit schlappmachen.

Ganz weg wäre aber auch nicht gut. Die richtige Dosis ist schwer zu finden. In Sachen Prostata wäre weniger mehr. Denn schälen Chirurgen bei der Operation zu viel weg, geht hinterher nichts mehr. Die Dosisbestimmung, die der Lieblingskollege im Selbstversuch vornimmt, ist dennoch heikel und nicht zu empfehlen. Er dimmt sein Gehirn mit Alkohol so weit herunter, dass es Sorgen und Schwermut vergisst, vielleicht auch das Schmerzzentrum für das linke Knie ausschaltet, dafür aber andere Leerstellen in seiner grauen Substanz aufweist.

Manche Organe sind wie die Partnerin. Es wäre gut und bestimmt auch gesund, wenn sie mal schweigen würde und in Urlaub ginge, damit man ganz selbstvergessen zu sich selbst finden könnte. Leider gibt es Urlaub für den Partner noch nicht auf Rezept. Und würde die Partnerin für immer verborgen bleiben, würde schon eine Leerstelle entstehen.

DIE WISSENSCHAFT VOM LASTER

Man kann wirklich nicht behaupten, dass sich die Menschen zu wenig für die Wissenschaft interessieren würden. Medizinischen Laien geht es sogar fast ausschließlich um wissenschaftliche Details. Man muss eben aus den schier unübersehbaren Forschungsergebnissen herausfiltern, was relevant für die eigene Lebensführung ist. So kam kürzlich ein unsportlicher Kollege mit einer Flasche Rotwein in mein Zimmer und setzte sich auf mein gelbes Sofa. Er wollte mir den Alkohol aber nicht überreichen, sondern lediglich wissen, ob er damit seinen ungeübten Herzkranzgefäßen etwas Gutes tun könnte. Es handelte sich um eine apulische Südlage, auf dem Etikett war aber kein Hinweis der italienischen Kardiologenvereinigung zu finden.

Während einer für die Öffentlichkeit zugänglichen Tagung referierte ein Redner langatmig über verschiedene Formen der Lungenerkrankungen. Am Rande streifte er auch das weniger bekannte Leiden Lungenhochdruck. Während das Publikum die meiste Zeit vor sich hin gedöst hatte, wurde jetzt plötzlich ein älterer Zuhörer munter. Ob es denn stimme, dass ein Medikament, »das der Volksmund als Sildenafil kennt, auch gegen Lungenhochdruck hilft«, wollte er wissen. Der Volksmund kennt das Mittel eher als Viagra, erwiderte der Referent wenig dezent. Aber es sei unbestritten, dass die blauen Potenzpillen auch den Druck in der Lunge mildern. Wie schön, wenn man für seine Wünsche und Laster auch noch eine medizinische Begründung findet.

Auch die Frage im Anschluss an einen öffentlichen Vortrag über die Gefahren des Rauchens und Passivrauchens war wohl hauptsächlich autobiographisch motiviert. Ausführlich hatte der Referent die verschiedenen Gesundheitsrisiken erläutert, kein Krebs, kein Lungenleiden und kein Gefäßschaden blieben unerwähnt. Das Einzige, was eine Zuhörerin hinterher wissen wollte, war, ob Zigarre und Pfeife vielleicht harmloser seien als Zigaretten. Als der Referent verneinte und das Publikum um weitere Fragen gebeten wurde, meldete sich noch ein Zuhörer. Ob Schnupftabak harmloser sei, wollte er wissen. Oder wenigstens die Kombination von Schnupftabak und Zigaretten, wie Helmut Schmidt sie pflege.

Selektive Wahrnehmung macht das Leben einfacher, auch für Mediziner. Neurologen reden sich das Rauchen schön, weil es in Fachartikeln vage Hinweise dafür gibt, dass Nikotin die Überträgerstoffe im Gehirn anregen könnte. Wir tun etwas gegen das drohende Alzheimer-Leiden, sagen Ärzte schmunzelnd, wenn sie sich – natürlich aus Vorsorgegründen – zum Paffen zurückziehen. Und einige Männer haben erfreut das Glas gehoben, als sie von der Studie erfuhren, wonach Männer sich mäßig attraktive Frauen schönsaufen können – während Frauen diese Gabe offenbar nicht haben.

Damit man an den wissenschaftlichen Nutzen seiner Laster glauben kann, hilft es ungemein, wenn es sich bei den vermeintlichen Beweisen um eine Art Geheimwissen handelt. Deshalb steht auch auf keiner Rotweinflasche »Grand Cru du Coeur« – obwohl »Beaujolais cardiovasculaire« oder auch »Rioja Corazón« ganz hübsch klingen würde.

Manchmal gibt es allerdings auch einen Konflikt zwischen Geheimwissen und notwendiger Aufklärung. So liegen Hinweise dafür vor, dass Weinfranken länger leben als Bierfranken. Ob es das bevorzugte Getränk oder die geographische Lage ist – keiner weiß es. Sofern die Bierfranken SPD wählen, ist ihre Lebenserwartung noch stärker verkürzt, so die Datenlage. Nachdem die bayerische Regierung von ihrem ursprünglichen Plan Abstand genommen hat, alle bierseligen Oberfranken nach Würzburg umzusiedeln, um aus ihnen Weintrinker zu machen, hält sie eine andere Strategie für hilfreicher. Sie will die gefährdeten Oberfranken zu einem Austritt aus der SPD bewegen – aus Gesundheitsgründen.

HOCHBEGABTE HOCHBETAGTE

Die grünen Briketts sahen von weitem aus wie verdorbene Fischstäbchen. Die nette Frau hielt sie in der Hand. Sie wirkte heute noch ein wenig älter und müder als sonst. Eine Freundin hatte ihr das Algenpräparat empfohlen. Erschöpft ließ sie sich auf mein gelbes Sofa fallen. »Bringt das was?«, wollte sie wissen. »Ich habe gehört, dass man damit wieder Energie bekommt und 100 Jahre alt werden kann.« Ohne Algen kann man das auch, wollte ich entgegnen, aber da führte sie schon den endgültigen Beweis für die Wirksamkeit des überteuerten Extraktes an: »Der Gründer der Firma ist über 90 geworden.«

Man sollte mal untersuchen, ob kommerzieller Erfolg oder der Kampf für eine besonders absurde Geschäftsidee die Lebenserwartung erhöhen. Aber das will natürlich keiner dieser hochbegabten Hochbetagten hören. Sie wollen vielmehr mit ihrem eigenen Überleben zeigen, dass ihre fragwürdige Therapie zum Jungbrunnen taugt. Besonders clever war in dieser Hinsicht Linus Pauling. Der zweifache Nobelpreisträger (für Chemie und Frieden) hat in fortgeschrittenem Alter eine obskure Vitamintheorie entwickelt, deren Wirksamkeit trotz Hunderter Studien bis heute nicht belegt werden konnte. Pauling nahm das Zehn- bis Hundertfache der empfohlenen Tagesdosis an Vitaminen zu sich und futterte das Pulver grammweise zum Schutz vor Krebs und anderen Leiden. So wollte er 100 werden. Falls er früher sterben würde – er starb mit 93 an Krebs –, spreche das keineswegs gegen seine Vitaminkur, behauptete er. Er habe lediglich zu spät damit begonnen. Wird Helmut Schmidt wider Erwarten nicht 100, liegt das wohl daran, dass er erst mit 15 Jahren angefangen hat zu rauchen.

Da Leni Riefenstahl und Ernst Jünger über 100 geworden sind und auch etliche NS-Verbrecher im Alter jenseits der 90 in ihren Schlupflöchern in entlegensten Winkeln der Erde gefunden worden waren, könnte auch eine andere Vermutung zutreffen: Faschismus hält jung. Aber auch das konnte wissenschaftlich bisher noch nicht eindeutig bewiesen werden.

Wahrscheinlich muss die medizinische Forschung zugeben, dass sie – wie zu so vielen Fragen: Warum muss man schlafen? Was denkt, wenn man denkt? – keine Antwort weiß. Bis zur weiteren Klärung, warum jemand alt wird, findet man Antworten in den Lokalteilen der Tageszeitungen. In Berichten über betagte Jubilare gibt es Anregungen für jeden Geschmack. Mit 122 Jahren erreichte die Französin Jeanne Calment das bisher höchste nachgewiesene Alter. Sie nahm angeblich regelmäßig Wein, Olivenöl und Knoblauch zu sich, musste kaum arbeiten und hatte wenig Sex. Wer weiß, wie alt sie geworden wäre, wenn sie sich nicht mit 119 das Rauchen abgewöhnt hätte. Sie musste aufhören, weil sie sich wegen ihrer Erblindung keine Zigarette mehr anstecken konnte.

Eine andere Altersformel liegt nahe, wenn man den Lebenswandel von Christian Mortensen betrachtet, mit 115 Jahren der bis dato älteste Mann der Welt. Er arbeitete viel, zog oft um und bevorzugte Fleisch, Bier und gelegentlich eine Zigarre. Mortensen war nur kurz verheiratet. Wie sich Hormone und Liebesleben auf das Alter auswirken, ist unklar. Wer einsam auf Algen herumkaut, wird nicht alt, sagt die Lebenserfahrung. Andererseits sind zu viele Sexualhormone womöglich Ballast auf dem Weg zum 100. Geburtstag. Forscher haben das Leben von 50 Kastraten untersucht. Die ihrer Keimdrüsen beraubten Sänger lebten im Mittel zwei Jahre länger als Sänger mit Hoden. Dass dieser Preis für ein längeres Leben zu hoch sein könnte, illustriert der Fadenwurm. Gen-Analysen zeigen, dass er zwar doppelt so lange lebt, wenn man seine Erbanlagen für sexuelle Entwicklung blockiert. Dafür wird er lustlos, verliert jede Spannung und sogar seine charakteristische Spiralform.

LUST AUF ORTSWECHSEL

Man möchte alles richtig machen und greift nur umso tiefer in den Mist. Das kennen mittlerweile auch die Aktivisten der Tierbefreiungsfront »Alf« in Norditalien, die bei dem Versuch, Greifvögel aus einem Zoo nahe Turin in die Freiheit zu entlassen, 40 Mäusebussarde, Falken und Eulen töteten. Als die Molotow-Cocktails explodierten, die »den inhaftierten Vögeln« den Weg in die Freiheit bahnen sollten, gerieten versehentlich einige Volièren in Brand, so dass die Tiere verbrannten und nun statt am Horizont im Vogelhimmel kreisen.

Ähnlich dumm kann es laufen, wenn man für sich und seine Lieben den optimalen Brutplatz sucht. In Umfragen zur Lebensqualität in den USA landet regelmäßig Sioux Falls – die mit knapp 140 000 Einwohnern größte Stadt in South Dakota – auf den vorderen Plätzen. Die Stadt hat sich schon den Beinamen »Best Little City in America« gegeben. Wer weiß, ob dies in einem Anfall von Selbstironie oder aus urbanem Stolz geschehen ist. Wer weit vom Strand oder einer interessanten Stadt entfernt lebt, muss sich irgendwie trösten.

In Deutschland landen triste Metropolen wie Würzburg oder Gießen regelmäßig auf vorderen Plätzen, während Delmenhorst und Neumünster wegen ihrer hohen Rate an Kleinkriminalität meistens schlecht abschneiden. Kürzlich fragte eine Bekannte, wo man in Deutschland aus gesundheitlichen Gründen am besten leben sollte. Der Rat für Allergiker wäre leichtgefallen – an der See oder in den Bergen. Sie aber wollte durch den Ortswechsel eine Art Rundumoptimierung. Alles sollte irgendwie besser werden.

Sie hatte gelesen, dass die Lebenserwartung in Süddeutschland besonders hoch sei. Zudem gebe es Landkreise in Baden-Württemberg, in denen die Intelligenz deutlich höher sei als in anderen Regionen. Wenn man sich die Studie genauer ansah, zeigte sich allerdings, dass sie auch das Gegenteil bedeuten konnte. Die Erhebung beruhte auf Untersuchungen von 18- bis 22-jährigen Wehrpflichtigen. Womöglich waren die jungen Männer in Landkreisen wie Reutlingen oder Ravensburg nur zu dumm, um sich bei der Musterung dumm anzustellen.

Ich wollte der Bekannten empfehlen, nach Südfrankreich zu ziehen. Dort leben viele Wir-haben-uns-bewusst-für-was-anderes-entschieden-Leute. Zudem muss Südfrankreich ein gebenedeiter Ort für die Herzkranzgefäße sein. Denn Südfranzosen ernähren sich ungesund von Weißbrot, Wildschwein, Gänseschmalz und Gänseleber. Trotzdem haben Franzosen deutlich seltener Herzinfarkte als Schotten und andere Nordlichter.

Allerdings weiß man nie, was man an Ballast mit sich schleppt, wenn man umzieht – und was am neuen Ort auf einen wartet. In Japan leiden beispielsweise 70 von 100 000 Einwohnern an Darmkrebs – das ist weltweit die geringste Rate. Kinder japanischer Eltern, die in den USA geboren sind, bekommen jedoch so oft Darmkrebs wie die Amerikaner. Mit 140 Erkrankten pro 100 000 Einwohner kommt das Tumorleiden in den USA (neben Neuseeland) am häufigsten vor. Wer nach Japan zieht, handelt aber auch nicht schlauer. Das Land ist weltweit führend in Sachen Magenkrebs. Ach ja, in Großbritannien ist Lungenkrebs besonders häufig, in Australien Hautkrebs, in Kanada sind es Leukämien.

Man kann natürlich gesund leben, gesund essen, viel Sport treiben. Dann befindet man sich jedoch in dem schicksalhaften Dilemma, das der Gesellschaftstheoretiker Niklas Luhmann in seiner »Soziologie des Risikos« beschrieben hat: »Man jagt sich Tag für Tag durch den Wald, um gesund zu bleiben, und stürzt schließlich mit dem Flugzeug ab.« Luhmann arbeitete übrigens

25 Jahre an der Universität Bielefeld, ein Ort, den man sich ganz weit vorn in der Liste der lebenswerten Städte vorzustellen hat.

SCHLÄFST DU SCHON, SCHATZ?

Er schläft, sie wacht. Klassische Rollenverteilung: Sie grübelt und möchte reden, er schnarcht und will seine Ruhe. Wenn sein Schnarchen aus dem Rhythmus gerät, hofft sie, dass er wach wird, stupst ihn vielleicht sogar etwas an. Doch er schnarcht meistens weiter – tiefe Seufzer auf beiden Seiten des Bettes. Am nächsten Abend schläft sie, er wacht. Klassische Rollenverteilung: Er ist anhänglich und will kuscheln, sie ihre Ruhe. Mann und Frau können sich offenbar kaum in Ruhe schlafen lassen. In jüngster Zeit häufen sich jedenfalls auf meinem gelben Sofa die Beschwerden über massive Schlafstörungen.

Die Lehrbuchfrage – Einschlaf- oder Durchschlafstörungen? – führt in der Regel nicht weiter, denn es handelt sich meist um partnerschaftliche Störaktionen, die je nach Laune das Einschlafen, das Durchschlafen wie auch das Weiterschlafen nach dem Aufwachen behindern. Gute Argumente haben beide Seiten: Sie bedrängen Probleme, die auf keinen Fall Aufschub bis zum nächsten Morgen dulden. Er folgt lediglich seinem evolutionär vorgegebenen Muster, sie des Nachts vor wilden Tieren zu beschützen und zudem den Fortbestand der Art sichern zu wollen.

Fortgeschrittene Schlafquerulanten wählen eine subtile Form des Weckrufs. Sie rütteln aufgeregt den Partner wach, weil sie plötzlich hören, wie sich die eigenen Augen bewegen. Oder weil ihr Herzschlag zu laut ist. Bevor der Partner den Arzt holt oder gleich die Truppe mit der Zwangsjacke, sollte man allerdings vorsichtig Entwarnung geben und das Wort »Bogengangsdehiszenz«

einstreuen – eine äußerst seltene Störung im Innenohr. Im Englischen klingt die Überempfindlichkeit gegenüber Geräuschen des eigenen Körpers – Superior canal dehiscence syndrome – noch beeindruckender.

Lösungen sind schwierig. Getrennte Betten wirken so endgültig und schmecken nach Niederlage. Deshalb rauben sich viele Paare weiterhin gegenseitig die Nachtruhe und riskieren gesundheitliche Spätfolgen durch chronischen Schlafmangel. Wer übermüdet ist, ist schließlich anfälliger für Erkältungen und andere Infektionen. Wer zu wenig schläft, wird außerdem schneller dick und bringt die Hormone sowie jede Alltagstauglichkeit durcheinander.

An Orten, an denen man angeblich gesund werden soll, ist es nicht besser. Im Krankenhaus ist regelrecht ein Wettstreit darum entbrannt, wer wen weniger schlafen lässt – die Patienten die Ärzte und Pflegekräfte oder umgekehrt. Patienten klingeln bevorzugt nachts um zwei Uhr nach der Schwester und verlangen ein Getränk, eine weichere Unterlage oder menschliche Zuwendung. Die medizinischen Heil-, Hilfs- und Pflegekräfte rächen sich, indem sie Patienten mitten in der Nacht wecken, um sie daran zu erinnern, ihre Schlaftabletten zu nehmen. Morgens werden die Kranken und Lahmen dann gegen sechs Uhr aus den Betten gescheucht und müssen ansehen, wie ihr wohlig warmes Nest frisch bezogen wird, so dass jedem die Lust vergeht, sich in das kalte Bett zu kuscheln, um weiterzudösen.

Man kann das Arzt/Schwester-Patienten-Verhältnis durchaus unter paartherapeutischen Gesichtspunkten betrachten. Keiner gönnt dem anderen eine Verschnaufpause, und der Stellungskrieg findet im Bett oder am Krankenlager statt. Besonders gewiefte Mitschläfer haben sogar schon versucht, die Schlaf-Wach-Abfolge ihrer Partner zu manipulieren. Vor Jahren wurde im Fachmagazin *Science* berichtet, dass der Lichteinfall auf die Kniekehle den zirkadianen Rhythmus verschiebt und Menschen später müde werden lässt. Der ein oder andere hat seitdem mit der Taschenlampe unter der Bettdecke experimentiert. Die Versuche waren allerdings ein vergebliches Leuchtfeuer. Ein paar Jahre später wurde aufgedeckt, dass die Kniekehlenstudie falsch oder ein Scherzartikel war.

SCHWEBEN IM ZWISCHENRAUM

Das Leben ist ein Wartezimmer. Man weiß nicht, wann man drankommt. Man weiß nicht, ob man richtig ist. Man weiß nicht, was die anderen Menschen hier wollen, und man weiß schon gar nicht, warum alle Stühle außerhalb der eigenen Behausung so unbequem sein müssen. Immerhin sind die meisten Wartezimmer ausreichend geheizt. Das entschädigt aber nicht für die fehlgeleitete Informationsflut, die auf den unschuldigen Patienten im Wartezimmer einströmt. Im Wartezimmer ist man immer im falschen Programm.

Kein Mensch liest *Focus Money*, wahrscheinlich lesen das nicht mal Ärzte, aber in jedem Wartezimmer liegt das Heft herum. Kein Mensch versteht die Gesundheitsreform, aber in jedem Wartezimmer hängen Plakate, auf denen erklärt wird, wieso die derzeitige Gesundheitsreform die Ärzte besonders benachteiligt. Im Wartezimmer sitzen aber keine Ärzte, sondern Patienten. Patienten wollen so etwas nicht wissen. Genauso wenig, wie sie über Hautkrankheiten, Sportverletzungen oder das Modell des »begehbaren Darms« aufgeklärt werden möchten. Niemand, den ich kenne, besitzt ein Aquarium. Trotzdem stehen besonders in den Praxen von Orthopäden unter hässlichen Aquarellen Glaswannen mit dumm glotzenden Zierfischen.

Wartezimmer sind ungerecht. Immer hat man das Gefühl, dass andere vor einem drankommen. Einige Patienten sitzen sogar in einer Extra Lounge wie der Frequent Traveller auf dem Flughafen und fühlen sich als Kranke erster Klasse. Wahrscheinlich verteilen manche Ärzte Bonusheftchen für »Spritzen &

more«. Auch wenn keiner vorgezogen wird, gilt im Wartezimmer das Prinzip: Für neun Uhr bestellt, um elf Uhr drangekommen.

Ein Grund für die Verzögerung im Wartezimmer ist nie zu erkennen. Kein Notfall wird eingeliefert, kein Besuch eines Pharmavertreters, nichts. Wahrscheinlich soll man im Wartezimmer Ruhe finden, sich besinnen. Es gilt das Gleiche wie in Kafkas Prosastück »Vor dem Gesetz«: Theoretisch ist es zwar möglich, Einlass zu bekommen, aber nicht zum gegenwärtigen Zeitpunkt, sagt der Türhüter dem Mann vom Lande. So ähnlich reden auch Sprechstundenhilfen. In Kafkas Text stirbt der Mann, der Einlass begehrt, irgendwann. Im Wartezimmer passiert das selten, da meist ein Arzt in der Nähe ist.

Wartezimmer sind die Zwischenräume moderner Gesellschaften. Die Menschen, die sie bevölkern, befinden sich in einem eigenartigen Schwebezustand. Sie sind nicht richtig gesund, sonst wären sie nicht hier. Richtig krank sind sie aber auch nicht, sonst könnten sie nicht aus eigener Kraft herkommen. Der Arzt weiß das, deshalb nimmt er sich seiner Klientel wohl auch so zögerlich an.

Manchmal wird man vom Wartezimmer in einen anderen Raum gebeten. Das ist eine beliebte Form des Zeitvertreibs in Arztpraxen. Sie nennen es allerdings anders und fordern einen auf, eine Urin- oder Stuhlprobe abzugeben. Die Proben stellt man auf eine Ablage oder in ein kleines Fenster. Was danach damit passiert, ist unklar. Dieses Prinzip ist in vielen anderen Bereichen üblich: Wer weiß schon, was mit dem eigenen Geld passiert, nachdem man eine Probe davon seiner Bank gegeben hat?

Das Wartezimmer zu verlassen hilft nicht wirklich weiter. Der Raum, in den man dann kommt, heißt zwar Sprechzimmer. Das ist allerdings missverständlich, denn die Sprechzimmer heißen nur deswegen Sprechzimmer, weil darin der Arzt spricht – meistens schimpft er über Ulla Schmidt, die Gesundheitsreform und sein schlechtes Honorar. Meistens hat der Arzt wenig Zeit, hinterher hat man mehr Fragen als vorher und fühlt sich beunruhigt. Man hat aber ein paar Fachbegriffe aufgeschnappt, um sein Leid besser auszuschmücken. Manchmal ist der Arzt besonders perfide und fragt, ob man lange hat warten müssen.

KLEINE SCHWÄCHEN

Natürlich sah man ihm nichts an. Wie auch? Es wäre ja höchstens eine klitzekleine Narbe zu entdecken gewesen, dort, wo man Narben normalerweise kaum entdecken kann. Denn die Haut wirft sich hier zu einer runzeligen Textur in Krokolederoptik auf, in der sich fast jede Narbe gnädig verstecken lässt. Außerdem schaut selten jemand dort so genau hin. Trotzdem klagte der Kollege auf meinem gelben Sofa darüber, dass er sich als potentieller Sexualpartner nicht mehr richtig wahr- und ernst genommen fühlt, seit er sich vor zwei Jahren hat sterilisieren lassen. So wie Leute mit Pickeln glauben, alle Welt starre nur auf ihre Pickel, glaubte er, dass ihn keine Frau mehr ansah wegen des unsichtbaren Schnitts im Schritt.

Er war wie besessen und redete sich in Rage. Vielleicht würden die Frauen spüren, dass er nicht mehr zum Erzeuger tauge. So wie Hunde spüren können sollen, dass jemand Angst hat? Originell, aber abwegig. Er kam dann noch mit dieser fadenscheinigen Studie, wonach Frauen sich in der Zeit um ihren Eisprung – unbewusst natürlich – aufreizender anziehen als an den restlichen Tagen ihres Zyklus. Und dass sie Männer auch eher riechen können, wenn ihre Fruchtbarkeit gerade auf dem Höhepunkt ist.

Ich wollte ihm nicht sagen, dass die fehlende Nachfrage, die er so schmerzlich empfand, auch damit zu tun haben könnte, dass an ihm zwar keine Narben am Skrotum, aber dafür Alterungserscheinungen zu entdecken waren. Stattdessen erinnerte ich ihn daran, dass die operativ entstandene Lücke in seinem Samenleiter ihm auch neue Freiheiten geschenkt hätte. Aber offenbar ist es wenigen Menschen gegeben, den Nutzen körperlicher Defizite zu erkennen, die sich mit der Zeit einstellen oder die – wie in diesem Fall – freiwillig gewählt sind.

Viele Menschen werden beispielsweise großzügiger gegenüber Haushaltsdreck, Staub und organischen Lebensspuren, wenn ihre Sehkraft spätestens mit 40 nachlässt. Sogar Putzteufel können dann generös über manche Schlieren hinwegsehen. Und eine gewisse Schwerhörigkeit für hohe Töne, die sich ebenfalls in mittleren Jahren einstellt, kann in privaten Auseinandersetzungen sogar hilfreich sein. Wenn Falten die Schützengräben der Haut sind, sollte man die Altersdämpfung im Innenohr als Luftschutzkeller für den Fall des partnerschaftlichen Stellungskriegs nicht geringschätzen. Stattdessen lamentieren die Menschen, dass dieses oder jenes nicht mehr richtig funktioniert und sie alt werden.

Es hilft, gelassener und optimistischer mit den natürlichen Alterungsprozessen umzugehen. Das gilt selbstverständlich nicht für Krankheiten. Die Überschrift einer Presseerklärung, die kürzlich ins Haus kam, lag in der Formulierung völlig daneben. »Beinamputation – wie geht es weiter?« ist – trotz allen Bemühens um eine positive Grundhaltung – nicht die passende Wortwahl für Menschen, denen die unteren Gliedmaßen fehlen. Anders verhält es sich, wenn Menschen darauf bestehen, dass sie kränker sind, als sie wirken, und ihre Beschwerden nicht drastisch und quälend genug gewürdigt werden.

Vor einiger Zeit habe ich über das chronische Erschöpfungssyndrom geschrieben, eine ominöse Erkrankung, für die Mediziner bisher keine rechte Ursache und Erklärung gefunden haben. Unvorsichtigerweise habe ich ausgeführt, dass die Betroffenen – neben vielen anderen Symptomen, die sie quälen – ständig übermüdet und angestrengt sind. Daraufhin bekam ich wochenlang von einem Menschen, der offenbar an dem Syndrom litt, Briefe, Anrufe und umfangreiches Informationsmaterial. Die Schreiben waren ausführlich, und am Telefon erregte sich der Mann massiv über die lapidare Beschreibung. »Übermüdet!? Das ist viel schlimmer!«, schrie er mich an. Jetzt konnte ich verstehen, warum der Mann so erschöpft war.

AUF DEM ZAHNFLEISCH

Er war ein Genussmensch und schien auf den Hügeln des Glücks geboren zu sein. Doch wahrscheinlich gehört es dazu, wenn man des Lebens ganze Fülle auskostet, gelegentlich auch mal an Tiefpunkten vorbeizukommen. Um es kurz zu machen: Er saß auf meinem gelben Sofa und hatte seinen Moralischen. Für Menschen, die weniger Glückskekse in ihr Päckchen mitbekommen haben als er, war seine passagere Schwermut schwer zu verstehen: Er war schlicht unglücklich mit seinen Zähnen.

Auf den ersten Blick waren seine Zähne von leidlich geradem Wuchs, kein Unterbiss, kein Überbiss. Nicht mal ein einzelner Zahn stand quer oder hatte sich schief vor die anderen gesetzt. Er war nicht mehr jung, auch wenn er sich so benahm – und die Jahre hatten ihre Spuren hinterlassen. Langsam rückte er damit heraus, dass ihn die vergilbende Optik seiner Zähne störte. Da war kein glänzendes Weiß mehr, sondern die taxifarbene Patina mittelalterlicher Urkunden. Er konnte zwar noch kraftvoll zubeißen, doch gerade beim Liebeswerben störte ihn, dass sein Lächeln Zahnreihen im Straßenköterfarbton offenbarte. Abhilfe war schwer, denn als eine seiner wenigen Neurosen pflegte er eine Abneigung gegen Zahnärzte.

Man musste verhindern, dass seine Angst vor Dentalhandwerkern solche Ausmaße annahm wie bei einem achtjährigen Mädchen aus Cornwall. Die Unglückliche hatte sich an einem Bonbon die Ecke eines Milchzahns abgebrochen und daraufhin nichts mehr gegessen, weil sie wohl weitere Schäden für ihr Gebiss befürchtete. Das Mädchen wollte auf keinen Fall zu einem

Zahnarzt, da ihr ein Dentist einst mit einem spitzen Haken in die Zunge gestochen hatte. Wenn sie Zahnschmerzen hatte, erzählte sie niemandem davon. Nachdem das Mädchen drei Tage lang nichts gegessen hatte, fuhren die besorgten Eltern mit ihr ins Krankenhaus.

Die Therapie dort war alles andere als feinfühlig. Die Doctores der Klinik entschieden sich dafür, dem Mädchen statt des einen alle verbleibenden acht Milchzähne zu ziehen, so dass sie für eine Weile Ruhe vor Zahnärzten haben würde. Weder die Zustimmung der Eltern noch des Mädchens wurde eingeholt. Die traumatische Angst vor Zahnärzten, die ungefragt gemeine Dinge tun, vergrößerte sich durch die radikale Entziehungskur weiter. »Sie mochte vorher schon keine Zahnärzte«, sagte die Mutter während einer Anhörung. »Jetzt flippte sie völlig aus.« Das Mädchen aß nach der Entlassung nichts mehr und starb wenig später an Unterernährung und Nierenversagen.

In England verbesserte dieser Fall das angekratzte Ansehen der Zahnärzte nicht. Besser als mit solchen brachialen Praktikern hat man es mit forschenden Zahnärzten zu tun, etwa mit jenen Dentisten der New York University, die auch dem besorgt-vergilbten Kollegen Hoffnung schenken könnten und seine Oralphobie bremsen.

Die amerikanischen Ärzte hatten untersucht, was der Zahnfarbe besonders zusetzt. Dass Tee und Kaffee dem Gebiss einen Schlammton verpassen können, ist bekannt. Welchen Einfluss Wein hat, war bisher unklar. Die Kariesforscher nahmen daher zwölf Kuhzähne – weil deren Oberfläche angeblich der menschlichen Zahnoberfläche gleicht – und badeten sie eine Stunde lang in Wein. Sie beobachteten, dass die Zähne nach anschließendem Tee- oder Kaffeekonsum jetzt viel stärker getönt waren – roter Wein färbte stärker als weißer.

Für den Kollegen kann das nur heißen, dass er – gerade beim Rendezvous mit einer kuhzähnigen Angebeteten – auf die Getränkeauswahl achtgeben sollte. Wer schön sein will, muss leiden: Will er jemals wieder strahlend weiß jemandem zulächeln, sollte er auf den Kaffee danach verzichten – oder beim Essen nur ungetrübtes Wasser trinken.

GETRIMMTE GESÄSSE

Mit dem Frühling kommt der Wahnsinn. Man kann sich ihm kaum entziehen. Die Ärzte streiken, die Knospen treiben, und trotzdem bringen sich die Depressiven so oft um wie zu keiner anderen Jahreszeit, getreu dem Motto: Alles blüht, und ich verwelke. Überall wird der Irrsinn zur Methode. So verrät eine Werbeagentur allen, die es nicht wissen wollen, dass »perfekt getrimmte Gesäße die Highlights der kommenden Saison sind«. Das ist – man kann es nicht anders sagen – Werbung für den Arsch, obwohl die Werbeaktion einer Paste zum »Volumenaufbau« am ganzen Körper gilt.

Außer dem Popo sollen auch andere »besonders sensible Areale« wie Brust, Bauch und Schenkel vom »Volumenausgleich« mit dem Gel profitieren. Ein erwünschter Nebeneffekt ist »eine stärkere Hebekapazität im Gewebe«. Dellen, Defekte und andere »konkave Körperdeformitäten« sollen mit der Spritze aufgefüllt und gerundet werden, es geht sogar um den »Volumenaufbau im Genitalbereich«. Autsch. Wenn von einem gegelten Mann die Rede ist, kann man sich zukünftig fragen, ob er auch untenrum geschmiert ist. Die Haltbarkeit der Polster beträgt übrigens nur wenige Monate, aber wenn man zeitig Botox spritzt, sieht man vielleicht nicht, wenn die Luft – Verzeihung: das Gel – raus ist und das schlaffe Gewebe seine Hebekapazität wieder vergisst und stattdessen nur ein paar runzelige Falten wirft.

In solchen Momenten möchte man beherzt in die Tischplatte beißen und ist sogar bereit, die Festschrift zum zehnjährigen Bestehen der »Antisense Pharma« in die Hand zu nehmen. Wer als Unternehmen im Arzneimittelgewerbe freiwillig den Unsinn im

Namen führt und damit eine Dekade überlebt, verfügt entweder über sehr viel Selbstironie, presst den Wahnsinn in Medikamente oder beides. Insgeheim haben wir schon lange geahnt, dass Molekularbiologen und Pharmazeuten die einzig wirklich verrückten Typen auf diesem Planeten sind.

Übertroffen werden sie nur noch von den FDP-Politikern Andreas Pinkwart und Silvana Koch-Mehrin sowie von Extrembergsteiger Reinhold Messner und Trendforscher Matthias Horx. Dieses grausame Quartett darf man zwar keineswegs zur Kategorie der konkaven Körperdeformitäten zählen. Als Expertenrunde für »aktuelle Trends des Gesundheitsmarktes«, die über »Gesundheit – das neue Konsumgut« berichtet, gehen die vier aber auch nicht durch – auch nicht, wenn ein Hersteller von Babypopocreme sie so anpreist.

In unserer internen Liste stehen die vier unter den Top Ten jener Experten, von denen wir lange nichts mehr hören wollen – und wenn, dann erst wieder in der Rubrik »Selbstdarstellung als neues Konsumgut«. Andererseits: Von Messner hätte man schon gerne gewusst, ob Wundschutz im Windelbereich die Hebekapazität am Nanga Parbat erhöhen kann. Und Trendforscher wissen bestimmt auch etwas über perfekt getrimmte Gesäße als Highlights der nächsten Saison zu sagen. FDP-Politiker vermutlich auch.

In solchen Momenten kontemplativer Verzweiflung kommt der Lieblingskollege ins Zimmer, setzt sich auf mein gelbes Sofa und greint. Er hat ein Wochenende hinter sich, an dem blockierte Energieflüsse gelöst und keltische Gesänge zur Harfe geboten wurden. Es gab Aroma-Öle und Anleitungen zur Menstruation bei Vollmond. Ein paar Unerschrockene hatten sogar die angebliche Indianerweisheit plakatiert, dass man den letzten Baum am letzten Fluss nicht essen kann, auch nicht zu Fisch. Er war dem Wahnsinn ganz nahe und wusste nicht mehr, wo in einer Welt der Defekte, Dellen und Deformitäten noch Platz für ihn war. Er brauchte Volumenaufbau für seine verletzte Seele. Ich wünschte ihm gute Besserung und gab ihm zur baldigen Genesung eine Broschüre mit, in der »Gesundheit als Megatrend der nächsten Jahrzehnte« ausgerufen wurde.

GANZHEITLICH WÜRGEN

Dieser unstillbare Reiz, jemanden zu würgen, stellt sich immer dann ein, wenn das Wort »Schulmedizin« fällt. Kommt eine Kollegin ins Zimmer, klagt, setzt sich auf mein gelbes Sofa, klagt weiter. Ihr Arzt sei so ein engstirniger Schulmediziner, sagt sie. Sie wünscht sich jemanden, der »einen ganzheitlichen Ansatz« hat und sie »natürlich« behandelt. Schon ist er wieder da, dieser akute Würgereiz. Die zuverlässigsten medizinischen Reflexe lassen sich längst nicht mehr unterhalb der Kniescheibe auslösen. Vielmehr kommen sie immer dann in Gesprächen über die Heilkunde zum Vorschein, wenn Ideologie und Therapie nicht zusammenpassen.

Antidepressiva kennt man in Kreisen der vermeintlich Besserverstehenden nur noch als »Psycho-Hammer«. Wird jemandem im Krankenwagen, auf der Intensivstation oder in der Notaufnahme das Leben gerettet, »hängt« er an »Schläuchen und Kabeln« – obwohl die Patienten dort in der Regel liegend untergebracht sind. Und eine Operation ist natürlich nur nötig, »weil Ärzte operieren und ihren Katalog vollbekommen müssen«. Kritische Journalisten kennen das superkritische *arznei-telegramm*, das so unabhängig und anzeigenfrei ist, dass es kleingeschrieben wird, nur noch als »pharmakritisches« oder, wie es der *Spiegel* jüngst ganz ganzheitlich ausdrückte, »industriekritisches« *arznei-telegramm*. Oh, wie schön ist Panama.

Besonders hübsch wird es, wenn es um pflanzliche Arzneimittel geht, die Patienten gerne von Heilern mit ganzheitlichem Ansatz in Empfang nehmen. Das wird dann zur religiösen Ersatzhandlung, und der Hohepriester der Gesundheit überreicht das Kraut wie eine Hostie. Auch wenn Mistelpräparate, Johanniskraut und Baldrian längst millionenfach über den Apothekentresen gehen und industriell gefertigt und abgepackt werden, bleibt beim Käufer die Illusion, ein Druide – oder gendermainstreamingmäßig korrekt: eine Kräuterhexe – habe den heilenden Farn persönlich für sie mit der Sichel von Stengel oder Stamm geköpft und naturtrüb in Ampulle oder Tablette gepresst.

Manchmal möchte man diesen Graswurzelfundamentalisten einen biopharmakologischen Aufbaukurs an den Hals wünschen, in dem sie erfahren, was die garstige Schulmedizin für Pfeile im Köcher hat. Acetylsalicylsäure, das der böse Pharmariese Bayer als Aspirin verkauft, ist ein Wirkstoff der Weidenrinde. Das Gichtmittel Colchizin ist aus Herbstzeitlosen extrahiert worden. Die meisten Antibiotika stammen aus Pilzen. Die Substanzgruppe der Taxane, die in der Krebsmedizin verwendet werden, kommen in der Eibe vor. In Digitalispräparaten zur Behandlung der Herzschwäche sind die Bestandteile des Fingerhuts enthalten.

Was hat hingegen der natürliche und naturnahe Homöopath zu bieten? Schwermetalle, Arsen, Blei, Quecksilber oder eine Pflanze mit dem schönen Namen Brechnuss, die Strychnin enthält. Die Ausrede, wonach die Verdünnung bei Homöopathens so groß ist, dass eh kein Molekül mehr in den Kügelchen enthalten ist, zieht nicht. Es kam schon zu Strychninvergiftungen, weil die Verdünnung zu niedrig ausgefallen war.

Nachdem die Kollegin erwürgt worden war, besuchte ich eine Tagung. In fast allen Vorträgen ergänzten sich Psychologen, Ärzte, Hirnforscher, Meditationslehrer und andere Therapeuten in ihren Ansichten. Die Hirnströme und die Energieflüsse und die Vibrationen fanden auf wunderbare Weise zueinander und ließen sich gelten. Alle Seiten fanden ein paar Belege für die Wirksamkeit der anderen Methode, der Schulenstreit schien sich plötzlich in vielfältiger Einigkeit aufzulösen. Es dunkelte bereits, da erhob sich im Publikum eine bebende Stimme. Eine junge Frau meldete sich und klagte, dass ihr Arzt ein elender Schulmediziner sei. Sie suche aber eher den ganzheitlichen Ansatz.

SEX, KREBS UND TISCHTENNIS

Er ist hormonell übersteuert. Außerdem ist er zynisch und menschenverachtend, man könnte auch sagen: ein abgebrühter Reporter. Kürzlich sagte der Kollege zu mir: »Schreib doch mal, dass Sex Krebs macht.« Dabei hat er hinreißend gelacht, so dass man ihn gernhaben musste. Man kann zwar schreiben, dass Sex Krebs macht, aber es wäre nicht richtig. Höchstens, wenn man Sex zwischen Asbestplatten, in Dioxinendlagerstätten oder vor dem Röntgenschirm hat. Nicht einmal, sondern chronisch, denn Krebs bekommt man entweder einfach so, Schicksal halt – oder weil man andauernd etwas macht, das nicht gesund ist.

In den Niederlanden hat ein Paar Sex im Kernspintomographen gehabt, angeblich zu Forschungszwecken und auch nur einmal. Es war wohl sehr eng in der Röhre – aber eng ist nicht krebserregend, und im Gegensatz zur Computertomographie kommt eine Untersuchung mittels Kernspin ohne potentiell krebserregende Röntgenstrahlen aus. Die beiden treten übrigens als Akrobaten auf, wenn sie nicht gerade in engen Röhren liegen.

Röhrenjeans standen mal im Verdacht, Hodenkrebs auszulösen. Die Hosen waren lange zu Recht aus dem Stadtbild verschwunden, haben wenig mit Sex zu tun und sind auch nicht sexy, erleben jetzt aber eine unheimliche Wiederkehr. Der Tumorverdacht schien auf modischen Ressentiments und nicht auf medizinischen Beweisen zu fußen, auch wenn mit dubiosen afrikanischen Stämmen argumentiert wurde, deren Männer angeblich ihre Keimdrüsen vor dem Beischlaf in heißes Wasser tunken. Das soll die Zeugungskraft der Spermien mindern, denn bei höheren Temperaturen gedeihen sie schlecht und entarten schneller, woraus Forscher Schlüsse auf das Klima in Röhrenjeans zogen.

Sex hat eher etwas mit Tischtennis zu tun. Hört sich unerotisch an, ist aber so. Ärzte sprechen auch vom Ping-Pong-Effekt. Sie nennen das so, wenn sich Menschen in den Stürmen ihrer ersten Verliebtheit gegenseitig mit einer Blasenentzündung anstecken. Die Blasenentzündung heißt in diesem Fall Honeymoon-Zystitis, weil Ärzte vermuten, dass Menschen erst in den Flitterwochen viel Sex haben. Das reizt die unteren Harnwege mechanisch, die Bakterien haben dadurch leichteres Spiel, und das Paar steckt sich immer wieder wechselseitig an. Leiden jüngere Menschen an Harnblasenentzündung, kommt es also darauf an, die Sozialanamnese genau zu erheben. Seit 2001 müssen Tischtennisbälle übrigens einen größeren Durchmesser haben. Was das für den Ping-Pong-Effekt bedeutet, ist aber wissenschaftlich noch nicht absehbar.

Sex kann gelegentlich zu Ausfallerscheinungen führen, die andere medizinische Unterdisziplinen betreffen. Neurologen und Augenärzte wissen, was die Alltagsweisheit »Liebe macht blind« tatsächlich bedeutet. Laien verstehen darunter, dass sie nicht verstehen, warum sich der beste Freund gerade in diese blöde Trulla verguckt hat oder weshalb die Freundin mit einem solchen Idioten zusammen ist. Ärzte hingegen kennen eine hauptsächlich bei Männern auftretende Sehstörung direkt nach dem Sex. Wenn das Blut im Körper nicht für mehrere Organe gleichzeitig reicht und ein paar Neuronen im Sehzentrum unterversorgt sind, wird es manchem Mann schwarz vor Augen.

Ähnlich verängstigend für Betroffene kann auch die Liebhaberlähmung sein, die von Liebhabern des Französischen »paralysie des amoureux« genannt wird. Schlafen Liebende Arm in Arm ein, kann der Kopf der Partnerin den Nervus radialis im

Bereich von Oberarm und Achselhöhle abdrücken, was zu Ausfallerscheinungen der Hand führt. Diese Lähmung kann vor wie nach dem Sex auftreten, manchmal auch beim vergeblichen Warten auf Sex. Krebs macht sie nicht, nach einer Weile kommt erst das Kribbeln und dann das Gefühl zurück. Tischtennis unterstützt den Heilungsprozess.

DER THERAPIEBAUKASTEN

Die Geomantikerin sagt, im Schlaf seien Strahlen viel schlimmer, als wenn man wach ist. Oh Gott, wie oft bin ich schon vor Computer oder Fernseher eingenickt! Die Frau in der S-Bahn sagt, sie lege immer Heilsteine in ihr Wasser, bevor sie es trinkt. Wahrscheinlich gibt es bald Bionade mit der Geschmacksnote »bemooster Kiesel«. Der Sportsfreund will sein Knie operieren lassen, dabei weiß er genau, dass es nur weh tut, wenn er Stress mit der Freundin hat. Seine Freundin weiß, dass Ärzte sowieso immer nur operieren wollen. Der Geschäftsmann sagt, körperlich gehe es ihm gut, nur seine Psyche muss er noch in den Griff bekommen. Manchmal ist es zum Weinen oder Schreien, je nachdem wie man seine Psyche gerade im Griff hat.

Die Menschen gehen mit ihrem Körper um wie schlechte Heimwerker oder Kunden eines großen schwedischen Möbelhauses. Jeder bastelt sich seine Heilslehre aus Teilen zurecht, die nicht zueinandergehören. Man versteht die Anleitung nicht und nimmt planlos noch mehr hiervon und davon. Am Ende passt nichts zusammen, es klemmt, und immer sind ein paar Schrauben locker oder fehlen ganz. Gesund ist das nicht.

Sogar der Lieblingskollege hat sich von dem unsinnigen Bastelprinzip anstecken lassen – vielleicht weil er ein Buch über Ikea geschrieben hat. Er sitzt auf meinem gelben Sofa, leidet. Seine Therapie zum Selbstaufbau sieht so aus: Er hustet wie eine mexikanische Sau, ignoriert aber die Symptome, obwohl er und seine liebevoll bebrüteten Erreger das Zeug zur Pandemie hätten. Sein Knie hingegen, das gerne psychosomatisch überreagiert, zeigt er Orthopäden, Chirurgen, Waldheilkundlern und Nadlern. Besser wird es davon nicht. Das Knie macht, was es will, und mit dem Husten würde er durch keine Flughafenkontrolle kommen.

Die Menschen kennen ihren Körper und die ihrer Liebsten nicht mehr. Sie werden kurzatmig, nachtschweißig oder verändern dauerhaft ihr Verdauungsverhalten, nehmen das aber nicht ernst. Wegen ein paar Pickeln, einer von Pollen gepiesackten Triefnase oder einem Besenreiser rennen sie jedoch sofort zum Arzt, bevor sie sich dann doch wieder einem Kügelchendreher oder einer Irisdiagnostikerin anvertrauen, weil die »viel besser zuhören«. Heraus kommt eine Medizin à la Hobbythek, dazu noch ideologisch verbrämt. Darf es noch etwas Harnstoff für die Haut sein? Kürzlich erzählte ein befreundeter Arzt, dass ein Vater ein Ganzkörperkernspin für seinen Sohn von ihm gefordert hat. Der Junge war beim Fußball hingefallen und hatte noch etwas Schädelbrummen.

Natürliche Körperfunktionen scheinen vielen Menschen suspekt zu sein und nur noch unter institutioneller Aufsicht ausgeübt werden zu können. Wie sonst ist es zu erklären, dass junge Mütter Kurse besuchen, in denen sie Stillen lernen? Eltern mit Kindern, die viel schreien, lassen die Kleinen als Schreikinder behandeln. Mittlerweile gibt es sogar Ärzte, die sich auf Kinder mit Ein- und Durchschlafstörungen spezialisiert haben. Therapeuten bieten Atemkurse an. Wann gibt es den Arzt gegen Liebeskummer, Haarausfall, Müdigkeit und Faulheit? Wo kann man unter notarieller Aufsicht das optimale Geh-, Steh- und Liegeverhalten üben?

Viele Menschen müssen erst mühsam wieder lernen, was ihnen guttut. Einige wenige können das noch, wie der ältere Mann, der sich am liebsten im Garten aufhält, Bäume stutzt und Hecken schneidet. Er hatte aus heiterem Himmel einen Herzinfarkt, es fühlte sich an wie Sodbrennen, er überlebte, und bald fühlte er sich wieder gut. Anschließend sollte er trotzdem an einem aufwendigen Nachsorge- und Rehabilitationsprogramm teilnehmen. Er weigerte sich entschieden, auch gegen ärztlichen Rat. »Davon werde ich nur hintersinnig«, sagte er und begann wieder im Garten seine Hecken zu schneiden.

TAMIFLU UND ANDERE AMULETTE

Sie trug Ketten und Armreife, die so billig aussahen, dass man sich als weißer Siedler vor 300 Jahren geschämt hätte, sie den Indianern zum Tausch gegen Ohio, Arkansas oder auch nur eine verdörrte Bisonweide anzubieten. Sie glaubte hingegen, dass der Modeschmuck, der um ihren Hals baumelte, ihr inneres Gleichgewicht erhalten würde und den Körper entgiftete. Betrachtete man ihr gut durchblutetes Dekolleté genauer, musste man allerdings eher eine Nickelallergie vermuten. Besonders viel hielt sie von einem Amulett, das Strahlen abhalten sollte, aber aussah, als hätte ein bekiffter Irokese die Allianz-Arena nachmodelliert.

Jeder mischt sich die Kügelchen zusammen, die er braucht. Ein magischer Glaube an heilmächtige Stoffe und Rituale findet sich aber nicht nur bei Anhängern naturheilkundlicher Verfahren, die seit Jahrzehnten nicht zeigen können, dass wirkt, woran sie verbissen festhalten. So ist auf den wissenschaftlichen Beweis dafür, dass Homöopathie hilft, seit Jahren eine Prämie von einer Million Dollar ausgesetzt – noch musste die Summe nicht ausgezahlt werden.

Was den einen ihr verdünntes Heilwässerchen, ist den anderen ihr Tamiflu. Vernunftbegabte Menschen horten die Tabletten und verfallen in Panik, weil in manchen Bundesländern nur für elf Prozent der Bevölkerung Vorräte an geheimen Orten eingelagert sind. Dabei gibt es nur allerzarteste Hinweise darauf, dass die Arznei die Symptome der Schweine-Vogel-Menschen-Grippe ein wenig lindern könnte. Das Fieber wird offenbar um einen

Tag, von sechs auf fünf, verringert. Ob das Zeug hilft, wenn das Virus zum Killervirus mutiert und als Giraffengrippe um den Globus zieht, ist noch völlig unklar.

Aber man kann ja trotzdem mehr Tamiflu für alle fordern. Beim heiligen Schamanen, es ist so schön, wenn der Schmerz nachlässt. Die Pharmaindustrie freut es sowieso, auch wenn die Kollegen von GlaxoSmithKline gerade ziemlich neidisch auf Roche sind. Roche hat es geschafft, dass alle immer nur von Tamiflu reden, auch wenn Relenza von GlaxoSmithKline genauso wenig gegen Vogel-Menschen-Schweine-Grippe hilft. Vielleicht sollte GlaxoSmithKline sich erst mal einen Firmennamen zulegen, den man besser aussprechen kann. Und dann beklagen, dass die Relenza-Vorräte nicht ausreichen.

Wahrscheinlich geht es hier aber auch um Wunderheilungen der ganz anderen Art. Wer Kopfschmerzen hat und ihnen genug Aufmerksamkeit widmet, erlebt das regelmäßig. Kaum hat man die Tablette geschluckt, sind die Beschwerden verschwunden – auch wenn Pharmakologen wissen, dass die Arznei noch gar nicht so schnell an Ort und Stelle angekommen sein kann. Das ist Homöopathie für Fortgeschrittene: kein Molekül, nirgends. Und trotzdem wirkt es, obwohl es nicht mal verdünnt, geschüttelt oder gerührt wurde.

Bei Kindern ist der magische Glaube noch unverstellter zu beobachten. Manche Untersuchungen und Behandlungen sind technisch überhaupt nur möglich, wenn es hinterher Gummibärchen gibt. Bei offenen Knien hilft nach Auswertung aller Studien nur die exakte Reihenfolge von Pusten, Piratenpflaster und Gummibärchen. Der siebenjährige Junge schließlich schläft nur in Socken, weil er überzeugt ist, dass er barfuß schlechter träumen würde. Da er in Socken bisher immer gut geträumt hat, weiß er, dass er unwiderruflich recht hat.

Vor kurzem war ein Kollege auf dem Spielplatz. Plötzlich kam ein Junge im Grundschulalter angerannt. Er war aufgeregt, weil seine Freundin beim Klettern gestürzt war und sich verletzt hatte. Er fragte nicht nach einem Pflaster oder einem Verband, rief auch nicht nach Arzt oder Krankenwagen. Er fragte nicht mal nach Tamiflu, hier müssen die PR-Agenturen noch nacharbeiten. Er wollte lediglich wissen: »Haben Sie Kügelchen?«

DER PLACEBO-CHEFARZT

Bisher galt die Ärzteschaft als ähnlich reformfreudig wie die Bundeswehr und die katholische Kirche. Es gibt jedoch erste Anzeichen dafür, dass Ärzte ihre Bedeutung selbstkritisch hinterfragen. Mit den Tabletten fing es an. Bei Medikamenten lassen sich mit Placebos Schmerzen lindern und Koliken kurieren. 30 Prozent der schmerzstillenden Wirkung eines starken Morphins können mit Scheinmedikamenten erzielt werden. Für Ärzte Anlass genug, den Placeboeffekt auch für sich selbst auszuprobieren. Während der Protestaktionen gegen die Gesundheitsreform mieteten die verantwortlichen Ärztefunktionäre beispielsweise Demonstranten, die für sie auf die Straße gingen. Die gecasteten Ärztedarsteller kamen im Fernsehen sehr gut rüber – Placebo heißt wörtlich ja auch »ich werde gefallen«.

Die Scheinärzte sahen deutlich frischer und telegener aus, als es ein abgekämpfter Originalmediziner nach einer 36-Stunden-Schicht je vermocht hätte, auch wenn er Botox, Laser und Silikonspritzen zu Hilfe genommen hätte. Der Placeboversuch der Ärztefunktionäre wurde ihnen hinterher allerdings übel vorgeworfen.

Einige wenige unerschrockene Mediziner sind jedoch trotz dieses Rückschlags entschlossen, weiterhin neue Wege zu gehen. Einen ersten Schritt machten die Anästhesisten bereits vor ein paar Jahren. Die Narkoseexperten dachten sich, dass nicht jedes Mal ein Arzt anwesend sein muss, wenn Patienten im OP-Saal vor sich hin dämmern. Von privaten Klinikbetreibern wurde die Idee begeistert aufgenommen, Krankenpflegepersonal zu Medizinischen Assistenten für Anästhesiologie (Mafa) weiterzubilden.

Das war billiger, als einen Arzt zu beschäftigen, und was soll bei einer Narkose schon passieren? Entweder der Patient wacht hinterher wieder auf oder nicht, Arzt hin oder her.

Ein bekannter Chefarzt für Anästhesie wollte sich seinen Mitarbeitern und Patienten ebenfalls nicht aufdrängen und am Operationstisch herumstehen, während die Chirurgen ihrem blutigen Tun nachgingen. Der Placebo-Chefarzt ließ in allen OP-Sälen Überwachungskameras installieren, mit denen er den Verlauf des Eingriffs und die Narkosetiefe von seinem Büro aus mitverfolgen konnte. Sogar die Kontrollmonitore für Puls und Blutdruck konnte er einsehen. Bösartige Menschen unterstellten dem innovativen Doktor hinterher, er habe dies nur getan, um auch dann eine Chefarztbehandlung abrechnen zu können, wenn mehrere Patienten gleichzeitig operiert und narkotisiert wurden.

Das Prinzip des Arztdarstellers sollte in der Medizin stärker genutzt werden. Dies käme auch einem Trend entgegen, dem die Heilkunde wie auch die katholische Kirche bisher ähnlich hilflos gegenüberstehen: Immer mehr Laien wollen nicht auf die Chefs hören und beziehen ihre Placebomedizin von Freunden, Frauenzeitschriften oder aus dem Internet statt von einem anständigen Arzt. Kürzlich erklärte eine Kollegin auf dem gelben Sofa, sie sei eine begeisterte »Medizin-Userin«. Wieso soll man sich als Arzt da noch die Mühe machen, persönlich zu erscheinen?

Krankendarsteller gibt es ja schon: An Unikliniken mimen Pensionäre und Schauspielschüler Patienten mit erlernten Beschwerden, damit Medizinstudenten vor dem Examen wenigstens einmal erleben, wie es ist, mit kranken Menschen zu reden. Für die Chefarztvisite könnte man sich ebenfalls rüstige Rentner oder Schauspieler als Anführer vorstellen, die würdevoll gestärkten Kittel und Stethoskop tragen. Glaubwürdig ist das allemal, die Schwarzwaldklinik hat es vor Jahren vorgemacht: Klausjürgen Wussow, der Chefarzt Professor Brinkmann spielte, wurde oft auf der Straße angesprochen und von Passanten um medizinischen Rat gefragt. Seine Empfehlungen haben mindestens 30 Prozent der Heilwirkung eines echten Arztes gehabt.

MAGENSPIEGELUNG OBENDRAUF

Er hatte so ein stechendes Ziehen zwischen den Rippen. Oder auch ein ziehendes Stechen. Vom Arzt wollte er nur hören, dass er sich die Muskeln zwischen den Rippen gezerrt hatte und es deshalb ein wenig zog und stach. Stattdessen wurde der Kollege vom Doktor an ein EKG angeschlossen und sein Herz geschallt. Dann kam dieser besorgte, faltenvolle Blick. Der Arzt teilte seinem Gast mit, dass er bei der Untersuchung einen inkompletten Rechtsschenkelblock und einen Mitralklappenprolaps entdeckt habe. Der Kollege hörte nur Block, Prolaps, Block, Prolaps. Block, Stop, Tod. Manchmal hallte das Wort Schenkelblock gehässig in ihm nach.

Den Blick des Arztes würde er nie vergessen. Ärzte sollten nicht nur einfühlsamer sprechen lernen, sondern auch ihre Mimik besser kontrollieren. Bei dem Kollegen mit dem Herz sprach allein das Gesicht des Arztes das vernichtende Urteil: Dass es so schlimm ist, hätte ich nicht gedacht, aber es ist wohl doch Krebs – oder in Ihrem Fall: das Herz. Der Kollege ging in sich. Block, Stop, Tod. Sein Leben zog an ihm vorbei, er sah sich schon auf der Warteliste für eine Herztransplantation und, weil es nicht mehr reichte, ein letztes Mal im Kreise seiner Lieben. In morbide Gedanken versunken, bekam er nicht mit, dass der Arzt nuschelte, dass es sich um einen harmlosen Zufallsbefund handeln würde.

Wahrscheinlich ist diese ungefragte Mitteilsamkeit der Grund für die häufige Klage von Kranken, dass Ärzte nicht zuhören und Patienten zu selten kriegen, was sie wollen. Die Handwurzel schmerzt, aber man bekommt nicht die Hand, sondern die Schilddrüsenhormone untersucht. Statt der Krankschreibung stellt der Arzt Empfehlungen zur gesunden Lebensführung aus. Den Lieblingskollegen zwickt es im Knie – und der Arzt sagt, es ist der Kopf und er solle besser seine psychischen Problemzonen bearbeiten, als seinen Meniskus verrückt zu machen.

Besonders hübsch erging es der Kollegin, die immer wieder von lästigen Aphthen in der Mundschleimhaut gepeinigt wird. Die kleinen, entzündeten Stellen schmerzen höllisch, und bisher hat kein Arzt ihr helfen können, obwohl sie schon etliche Untersuchungen über sich ergehen ließ. Ein weiterer Arzt, den sie um Rat fragte, war sehr an ihr interessiert, weniger persönlich, eher als Privatpatientin. Nachdem sie ihre Leiden im Mund ausführlich geschildert hatte, bat er sie um eine Stuhlprobe. Der Arzt ging das Problem entschieden von hinten an und sie alsbald für immer aus seiner Praxis hinaus.

Ein Arzt kann sich zwar immer damit herausreden, dass er ganzheitlich orientiert ist und irgendwie alles mit allem zusammenhängt. Mund und Enddarm sind das A und O des Verdauungstraktes, zugegeben. Und ja, auch ein Herzinfarkt macht sich selten am Herz bemerkbar. Er geht lieber Umwege und strahlt in Kinn oder linken Arm aus. Manchmal zieht es ihn auch in den Oberbauch, und er tut so, als sei er ein Sodbrennen. Und der Bandscheibenvorfall dehnt sich gern ins Bein aus, statt sich mit der Lende zu begnügen.

Diese Ausnahmen sollten aber nicht darüber hinwegtäuschen, dass man nie vom Arzt bekommt, was man braucht. Es ist wie im Restaurant. Dort greift auch die Unsitte um sich, dass man mit etwas abgespeist wird, was man nicht wollte. Aus Versehen landet Pizza Napoli statt Pizza Tonno auf dem Teller? Oh, darf ich Ihnen einen Ramazzotti anbieten, geht aufs Haus? Odysseus-Platte statt Naxos-Spieß? Der Retsina ist heute gratis. Was soll das? Wenn die Werkstatt Sommerreifen aufziehen soll und stattdessen Ölwechsel macht, bin ich auch nicht besänftigt, wenn sie neue

Wischblätter montieren. Und wenn ich auf Darmkeime untersucht werde, obwohl ich Salbe gegen juckende Ekzeme in der Leiste wollte, werde ich nicht zufriedener, wenn ich eine Magenspiegelung obendrauf bekomme.

MEIN FREUND, DER RÖNTGENAPPARAT

Eigentlich wollte ich schreiben, dass Ärzte mehr und besser zuhören sollten. Dass viele Patienten erst das Röntgengerät und dann den Doktor kennenlernen. Eigentlich wollte ich schreiben, dass sich Patienten in Deutschland zwar gut versorgt, aber schlecht verstanden fühlen. Dass zuhören nicht nur heißt, Patienten reden zu lassen, sondern teilnehmend nachzufragen und ihre Lebenswelt einzubeziehen. »Wie geht es Ihnen mit Ihren Beschwerden«, wäre so eine Frage. Eigentlich wollte ich schreiben, dass sich 90 Prozent aller Diagnosen ohne technische Hilfsmittel stellen lassen, nur durch ausführliche Gespräche und die körperliche Untersuchung. Eigentlich.

Das geht jetzt nicht mehr. Der Stand der Wissenschaft ist ein anderer geworden in diesen Minuten. Alles fließt. Das liegt an der Hochschule Augsburg, genauer an dem naheliegenderweise in der Fakultät Wirtschaft tätigen Professor Gerhard F. Riegl, dort nicht nur Mittelinitialträger, sondern angeblich auch Marketingdozent und Patientenforscher. »Die Behauptung, Patienten wollen Ärzte statt Apparate, ist widerlegt«, hat der Patientenforscher soeben erforscht.

Kurze Verwirrung. Alte Glaubenssätze implodieren. Alles schwimmt. Da erreicht uns die Meldung, dass Haie in Großaquarien künftig lernen sollen, auf akustische Signale und Farben zu reagieren, um eine Verständigungsebene zwischen Mensch und Hai aufzubauen. Die Verwirrung ist komplett. Klar, Hai und Mensch, das ist eine ähnliche Symbiose wie die zwischen Mensch und Röntgengerät. Ein Prosit auf den Hai und die Apparatemedizin. Was wäre die Leber ohne den Ultraschall, der wie kein anderer ihr Wachstum und die zarten zirrhotischen Knötchen zu würdigen weiß?

Endlich sagt es mal einer. Endlich erfahren wir, dass sich Patienten erst im CT und am Langzeit-EKG richtig wohl fühlen. Ärzte und ihr verbaler Beschwichtigungsteppich stören nur, wenn sich der Kranke ins MRT schmiegt oder in seiner Kuschelecke auf die Infusion von ein paar radioaktiven Isotopen wartet – wie sonst ist zu erklären, dass sich 57 Prozent der von Riegl Befragten weniger Störgeräusche bei technischen Untersuchungen wünschen? »Die Ergebnisse zeigen eindeutig eine Hochschätzung der Apparatemedizin«, sagt Gerhard F. Riegl.

Dieser Riegl. Das ist schon ein wilder Hund. Immer seiner Zeit voraus. Riegl? Der Riegl? Wir erinnern uns. Hat nicht vor Jahren ein Gerhard F. Riegl einen legendären Vortrag auf dem Chirurgenkongress in Berlin gehalten? Ja, er war's. Hat den Ärzten damals eingebleut, dass sie »kein Halbgott in Weiß, sondern ein Markenartikel in Weiß« sein sollten, »nicht Diktator, sondern Animator«. Medizin sei Markt, und erst das richtige Marketing mache Ärzte und Patienten zufrieden.

Riegl hat mit seiner aktuellen Untersuchung die wahren Bedürfnisse der Patienten frei präpariert. Damals in Berlin erkannte er bereits, was Ärzte wirklich wollen. Ihre »idealen Patienten sind die fünf Prozent Veredelungsfälle«, mit denen sich etwas verdienen lasse. So sieht das Arzt-Patienten-Verhältnis in der Fakultät Wirtschaft aus. Wer sich nicht als Medizinmanager verstehe, hatte Riegl damals gepredigt, werde den ökonomischen Tod als »ethischer Märtyrer« sterben. Um lästige Personalkosten zu sparen, empfahl Riegl »Outsourcing in verdi-freie Zonen«. Und Erfolg, so Riegl, »beginne mit der Kompetenz des Patienten-Verdienens«. Er sagte Patienten-Verdienen, obwohl er vermutlich Am-Patienten-Verdienen meinte.

Nach dem Vortrag war es eine ganze Weile still. Die Ärzte machten sich noch eifrig Notizen, das Ergebnis kann man heute in vielen Praxen und Kliniken bestaunen. Nur Hartwig Bauer, Generalsekretär der Deutschen Gesellschaft für Chirurgie, sagte etwas. Es klang fast ein bisschen altmodisch. Bauer hatte aus dem Vortrag gelernt: »Das Gegenteil von gut ist nicht böse, sondern clever.«

SPITZE DES FORTSCHRITTS

Überall kann man es hören, bis man es nicht mehr hören kann. Ständig ist vom medizinischen Fortschritt die Rede, der die Kostenexplosion im Gesundheitswesen ausgelöst hat. Wir alle wollen länger und gesünder leben, heißt es dann immer, und das kostet eben. Dabei ist fast alles an diesen Aussagen falsch. Länger leben durch medizinischen Fortschritt? Verschiedenen Untersuchungen zufolge geht der seit 1900 zu beobachtende Anstieg der Lebenserwartung um mehr als 20 Jahre nur zu drei bis vier Jahren auf den medizinischen Fortschritt zurück. Die Hauptgründe dafür, dass Menschen in Deutschland heute im Mittel 80 Jahre alt werden, sind demnach Kanalisation und verbesserte Sanitäreinrichtungen, Kühlschrank und Gefriertruhe.

Wir stehen fassungslos vor einer stetigen Kostenexplosion im Gesundheitswesen? Das ist Propaganda. Der Anteil der Gesundheitsausgaben am Bruttoinlandsprodukt liegt seit Jahren bei etwas mehr als zehn Prozent. Zuletzt ist er sogar von 10,5 auf 10,4 Prozent zurückgegangen. Damit hat Deutschland nach den USA und der Schweiz zwar immer noch eines der teuersten Gesundheitssysteme der Welt – teurer ist es allerdings in den letzten Jahren im Verhältnis zum Umsatz des Landes nicht geworden.

Dass die medizinische Versorgung teurer wird, weil die Menschen älter werden, stimmt ebenfalls nicht. Fast jeder Mensch kostet das Gesundheitswesen am meisten in dem Jahr vor seinem Tod, egal ob er mit 50, 75 oder 100 stirbt. Jüngere sind sogar teurer, denn bei einem 50-Jährigen bemühen sich die Ärzte intensiver, sein Leben zu erhalten, als bei einem 100-Jährigen, dem nicht alle Therapiemöglichkeiten und Reanimationsversuche zugemutet werden.

Medizinischer Fortschritt, was heißt das überhaupt? In den vergangenen Jahren sind Dutzende Untersuchungen in angesehenen Fachzeitschriften erschienen, die zeigen, dass neu nicht automatisch besser ist, sondern oft nur teurer. Beispiel Blutdrucksenker: Die neuen Mittel kosten bis zum Zehnfachen der alten, sind aber weder effektiver noch sicherer. Das Gleiche gilt für Psychopharmaka und viele andere Medikamentengruppen. Die Vorteile sind bestenfalls marginal, oft nicht vorhanden. Dafür gibt es neue Nebenwirkungen.

Medizinischer Fortschritt ist auch die bessere Bekämpfung von Infektionskrankheiten. Dass die Erfindung und Verbreitung der Antibiotika eine Erfolgsgeschichte ist, darin sind sich die meisten Experten einig. Wohl wahr, die Ausrottung der Pocken und die Eindämmung vieler anderer Leiden wie Pest und Cholera hat viele Leben gerettet und Leiden gemindert. Dass der oftmals wahllose Antibiotikaverbrauch die mehr als 500 000 jährlichen Krankenhausinfektionen in Deutschland zumindest begünstigt und weitere Resistenzen dadurch entstehen, stimmt leider auch. Man muss das nicht gegeneinander aufrechnen, denn auf Antibiotika will heute niemand mehr verzichten.

Bekämpfung von Infektionskrankheiten bedeutet heute aber auch: Wenn ein Drittel der Kindergartenkinder einer Einrichtung vor vier Wochen krank war, wird zwei Wochen später darum gebeten, freiwillig Stuhlproben der Kinder abzugeben. Offenbar dauert es zwei weitere Wochen, bis die Ergebnisse vorliegen. Es gab ein paar Fälle, in denen Rota- und Noroviren nachgewiesen wurden. Jeder, der Kinder hat oder selbst mal von den Viren erwischt wurde, weiß, dass die Beschwerden schnell wieder vorüber sind und auch die Ansteckungsgefahr selten länger als eine Woche besteht.

Die meisten der Kinder waren wieder gesund. Trotzdem wurde der Kindergarten sofort geschlossen und gesäubert, als die Ergebnisse vorlagen. Aus gesundheitlichen Gründen, versteht sich. Proben, Tests, Hygienemaßnahmen – ein kleiner Fortschritt zur weiteren Kostenexplosion im Gesundheitswesen.

ARZT IM TEST

Die AOK hat immer wieder prima Ideen. Neulich kam Deutschlands größte Krankenkasse mit dem Vorschlag, dass Patienten ihre Ärzte im Internet benoten sollen. Klingt gut, wird aber zu zwiespältigen Ergebnissen führen. Langjährige Erfahrungen am Krankenbett zeigen: Das Einzige, wofür sich Patienten in der Klinik interessieren, ist die Qualität des Essens. Nun sind Schmelzkäseecken an einer traurigen Trikolore von Schwarzbrot, Graubrot und Weißbrot zwar wahrlich keine kulinarische Offenbarung. Andererseits sagt die Auswahl zwischen Bierschinken oder Serranoschinken nichts darüber aus, mit welcher Finesse die Chirurgen der Klinik den Beinschinken frei präparieren, bevor sie das künstliche Hüftgelenk einsetzen.

Das Zweitwichtigste in der Klinik ist für die meisten Patienten, wie freundlich und ansehnlich die Pflegekräfte sind. Nun ist zwar erwiesen, dass eine Umgebung, in der man sich wohl fühlt, zur Genesung beiträgt. Es gibt aber wichtigere Kriterien, etwa ob die Ärzte ihr Handwerk verstehen und genug Erfahrung in dem haben, was sie tun. Trotzdem wird es wahrscheinlich bald im Privatfernsehen den Klinikkantinentester geben. Andere neue Sendungen könnten heißen: »Deutschland sucht die Super-Schwester« oder »Einsatz in vier Krankenzimmer-Wänden« – mit Einrichtungstipps für die Pflege daheim.

Seriösere Kriterien sind ebenfalls manchmal heikel, um eine Klinik zu beurteilen. Wenn etwa die Rate der Infektionen in einer Klinik höher ist, muss das nicht heißen, dass dort ein Stümper wirkt. Vielleicht ist der Chirurg sogar besonders gut, traut sich auch an die Patienten, die von anderen Ärzten nicht mehr operiert werden. Weil die behandelten Fälle komplizierter sind, kommt es womöglich auch zu mehr Komplikationen.

Die Bewertung von Arztpraxen ist nicht viel einfacher. Für viele Patienten ist es wichtig, wie lange sie warten müssen. Kommen sie schnell dran, ist der Arzt gut, so ihre Schlussfolgerung. Mich würde es skeptisch machen, wenn das Wartezimmer jedes Mal leer ist, wenn ich zum Arzt komme.

Andere Patienten beurteilen ihren Arzt nach der Auswahl der Zeitschriften. *Focus Money* liest niemand mehr. Liegt es noch im Wartezimmer, ist der Arzt nicht auf der Höhe der Zeit. Zu viele Hefte über Segeln, Motorboote, Polo und Golf deuten darauf hin, dass der Doktor zu viele unnötige IGe-Leistungen anbietet. Die Plakate der Kassenärztlichen Vereinigung oder der Fachverbände sind als sichere Drohung zu verstehen, dass der Arzt Sie gleich in ein Gespräch über den Gesundheitsfonds, extrabudgetäre Leistungen oder Ulla Schmidt verwickeln wird und vermutlich wenig Interesse für Ihre Beschwerden aufbringt.

Andere Kriterien für Patienten sind: a) Bekomme ich eine Krankschreibung, wenn ich es will, b) Verlasse ich mit einem anständigen Rezept die Praxis, oder will mir der Arzt wieder erzählen, meine Beschwerden seien nur psychischer Natur, c) Behandelt er seine Topfpflanzen genauso schäbig wie mich, d) Sieht seine Praxis noch immer so aus wie ein Postamt in den siebziger Jahren, verziert mit ein paar Magritte- und Miró-Kunstdrucken der Pharmafirmen?

Ob der Arzt zuhört, auf die Probleme seiner Besucher eingeht und geduldig alle ihre Fragen beantwortet, können Patienten natürlich am besten beurteilen. Zu kurz kommen wird bei all diesen Umfragen und Bewertungen aber das, was einen guten Arzt aus fachlicher Sicht auch auszeichnet: Veranlasst er nur die Eingriffe und Behandlungen, die tatsächlich medizinisch notwendig sind und den Patienten etwas nutzen? Überaktivismus in der Medizin mag die Patienten zwar kurzfristig beruhigen. Langfristig ist das aber zum Schaden und produziert nur weitere Patienten. Die könnten dann allerdings mit Unterstützung der AOK wieder neue Ärzte testen und benoten.

DARF ICH DICH ANSCHAUEN?

Sie saßen sich in der S-Bahn gegenüber und kannten sich offenbar kaum. Beide waren Anfang 20, die Fahrt zog sich hin. Die Bahn stockte. Jetzt kamen sie sich etwas näher. Das heißt, er redete und sie hörte zu. Flirten stelle ich mir anders vor, aber als vorsichtiges Anbahnungsgespräch konnte man die Begegnung durchaus gelten lassen. Die S-Bahn stand auf freier Strecke. Er schlug verbale Pfauenräder, erzählte von seinen Erfahrungen an der Uni und dass er vorher gejobbt hatte. Er redete und redete und merkte irgendwann, dass es jetzt wohl an der Zeit wäre, sie auch mal zu Wort kommen zu lassen.

Er fragte nicht, was machst du so. Er fragte: »Hast du Lokalisten?« Sie gab ihren Spitznamen an, mit dem sie bei dem sozialen Netzwerk angemeldet war. Bei der Online-Gemeinschaft kann man sein persönliches Profil erstellen, über seinen Dialekt, seine Haustiere oder seinen Tanzstil Auskunft geben und ein Kurzporträt im Netz hinterlassen. »Dann schaue ich dich heute Abend mal an, wenn ich darf«, entgegnete er behutsam. Er meinte nicht sie, sondern ihre Selbstdarstellung im Internet.

Das hatte etwas Intimes, vorsichtig Tastendes, wie man es sich zu Beginn einer amourösen Begegnung vorstellen kann – es ähnelte der schüchternen Erregung, mit der Hans Castorp in Thomas Manns »Zauberberg« die Röntgenthoraxaufnahme von Madame Chauchat betrachten durfte. Andererseits, zurück in der S-Bahn: Die Frau, die er sich bei den Lokalisten anschauen wollte, saß in diesem Moment vor ihm. Jetzt war der glückliche Augenblick. Jetzt konnte er sie sehen und fragen, was sie gerne tat, was sie bewegte und fühlte. Vielleicht könnte er zufällig an derselben Station aussteigen wie sie und für eine kurze Wegstrecke ihr Begleiter sein. Stattdessen wollte er ihr abends allein vor dem heimischen PC nachspüren und sie, vielmehr ihr virtuelles Pin-up, aus der Ferne betrachten.

Es dauerte eine Weile, bis mir einfiel, wo ich ein ähnliches Verhalten schon einmal beobachtet hatte. Es war die Visite am leeren Bett. Jeder, der schon mal in einer Klinik war, kennt das. Nachdem für den Chefarzt die Tür aufgerissen wird, stürmt die Schar der Ärzte ins Krankenzimmer. Ein verschüchterter Jungassistent rapportiert ein paar Details zu den Patienten, wobei seit Jahrhunderten das Wichtigste im Krankenhaus zu sein scheint, ob der Kranke Stuhlgang gehabt hat. Erst nach einer Weile bemerken die Mediziner, dass kein Patient im Bett liegt, was sie aber nicht weiter stört, im Gegenteil.

Die Maschinerie funktioniert, egal ob Patienten im Bett liegen oder nicht. Ist kein Patient da, werden die Ärzte nicht so oft unterbrochen. Die Ärzte besprechen den Fall, statten den Kranken ihren Besuch ab – nichts anderes heißt Visite – und scheren sich nicht darum, ob der Patient gerade beim Röntgen ist, auf dem Klo oder doch zufällig in seinem Bett. Es ist ein absurdes Ritual, getreu dem alten Ärztemotto: »Die Medizin wäre eine schöne Disziplin, wenn nur die Patienten nicht wären.«

Die Visite am leeren Bett zeigt, dass Ärzte es nicht besonders darauf anlegen, von ihren Patienten verstanden zu werden. Ist der Kranke gerade nicht da, kann es wenigstens nicht zu Missverständnissen kommen. Die Fachsprache aus Latein, Griechisch, Englisch und Hochnäsig schützt viele Ärzte davor, verstanden zu werden. Ist kein Patient im Zimmer, garantiert das zusätzlichen Schutz.

Patienten verwässern mit ihren subjektiv empfundenen Beschwerden nur die klare Diagnose. Kaum etwas ist für Ärzte lästiger als Symptome, die nicht ins Bild passen. Deshalb sind manche Ärzte erst zufrieden, wenn sie mit sich und den Krankenakten allein sind. »Darf ich Sie heute Abend mal anschauen«, fragt allerdings kaum noch ein Arzt, bevor er sich mit den Röntgenbildern seiner Patienten an den Leuchtschirm zurückzieht.

IN DER SCHWEDENGRUPPE

Wenn man zum Arzt geht, will man kein gleichberechtigter Partner sein, der auf Augenhöhe mitredet. Es sei denn, man ist Pharmareferent, Zeitschriftenwerber oder Steuerberater. Als Patient will man sich fallenlassen und von seinem Doktor fachlich ausgewogen, aber individuell und einfühlsam beraten werden. Das Schlagwort vom »mündigen Patienten« ist eine schöne Illusion oder eine Parole für Menschen, die auch sonst immer das letzte Wort haben müssen. Wer Schmerzen hat, kann nicht Vor- und Nachteile einer Therapie diskutieren. Nicht mal ein Arzt wüsste, was das Beste für ihn ist, wenn er gerade selbst leidet.

Eine Kollegin erzählte kürzlich auf meinem gelben Sofa von ihrem letzten Arztbesuch. Sie wollte sich ein paar Stellen entfernen lassen. Eigentlich war es nur eine einzige Stelle am Bein, die ein bisschen drückte. Die Hautärztin hatte aber wohl ihre Spendierhosen an und unverhofft einen großzügigen Tag. Jedenfalls bot sie der Patientin an: »Überlegen Sie sich, wie viele Stellen ich Ihnen wegmachen soll.« Um die Entscheidung zu beschleunigen, gab sie sogar ein bisschen an: »Letzte Woche war ein Patient da, bei dem habe ich 14 Stellen auf einmal entfernt.« Im Wartezimmer lag eine Ansichtsmappe mit ihren anderen ärztlichen Großtaten aus.

Darf es ein bisschen mehr sein? Die Kollegin wusste zunächst nicht genau, wie sie auf die dermatologische Offensive reagieren sollte. Eigentlich störte sie ja nur die eine Stelle am Bein. Sie war überfordert von dem Angebot, und medizinisch war es offenbar egal, wie viele Stellen ihr weggeschnitten wurden. Lieber wäre ihr gewesen, die Ärztin hätte gesagt: Die zwei Flecken hier an der Wade, die sollten wir unbedingt entfernen. Die übrigen sind harmlos, man kann sie lassen, es sei denn, sie stören.

Ein anderer Kollege ging zum Arzt, weil er permanent müde war und oft etwas schwermütig. Der Arzt ließ alle Laborwerte bestimmen, die ihm einfielen, fand aber nichts. »Wir könnten es mit einer Darmsanierung probieren«, sagte er unschlüssig. Seit so viele Ärzte auf Bauherrenmodelle im Osten hereingefallen sind, haben sie Begriffe der Immobilienbranche auf ihre Disziplin übertragen, zumeist für Therapien oder Untersuchungen, die nichts taugen.

Wahrscheinlich hat ein um seinen Gewinn an einem todsicheren Renditeobjekt in Görlitz betrogener Internist nach einer misslungenen Dachsanierung das Geschäftsmodell Darmsanierung entwickelt. Hier in der Redaktion entstehen viele Ideen so. Gibt man den Begriff »Schweinegrippe« in das Korrekturprogramm ein, schlägt es vor, das Wort durch »Schwedengruppe« zu ersetzen. Seitdem warnen wir auch vor Schwedengruppen.

Die Darmsanierung ist ein großer Unfug. Angeblich soll die Darmflora auf Vordermann gebracht werden. Dabei entzieht man dem Organ aber Bakterien, die es zur Verdauung braucht, um sie hinterher mühsam wieder aufzufüllen. Viele Patienten fallen darauf rein, vermutlich, weil Darmsanierung so schön nach Kanalsanierung klingt. Unser Korrektursystem schlägt stattdessen Dammsanierung oder Dachsanierung vor, was als Reflex auf die Regenfälle zu verstehen ist, die in den letzten Wochen über Bayern niedergegangen sind.

Natürlich gibt es auch Ärzte, die Klartext reden und Patienten nicht mit ihren Entscheidungen alleinlassen. Vorbildlich in dieser Hinsicht ist David Greening von einer Fruchtbarkeitsklinik in Sydney. Der australische Arzt berät Paare, die sich Nachwuchs wünschen, aber bisher keinen bekommen haben, darunter auch Schwedengruppen. Einer Nachrichtenagentur teilte der Mediziner nun seine wichtigste Empfehlung mit: Kommen Paare mit Fruchtbarkeitsproblemen zu ihm, gibt er ihnen den Rat, »es zunächst mit mehr Sex zu versuchen«. Das ist Medizin ohne Wenn und Aber. Klare Ansagen, das verstehen die Patienten.